U0565149

岁聿其莫 *Autumn*

晓秋 著

上海三联书店

目 录

辑二　时光流年

随心而吟

　　"五四"新文化运动开启之后，作为主要内涵的文学新潮，白话文小说一马当先，拥有广泛的读者，深刻影响到社会变革的各个层面；散文创作的丰硕成果，同样令人侧目，名家们的佳作，成为百年以来语文教材的常选篇目。唯有新诗的创作，步履蹒跚，社会大众的评价，差强人意。新诗道路之坎坷，有人怪罪于顽固派守旧派的攻击，其实，小说和散文的革新之路，不同样被"横挑鼻子竖挑眼"吗？区别在于，新诗没有像小说散文那样征服广大的读者，自身强硬不起来，中小学教材中，新诗获选的篇目，数量远远不如唐诗宋词，事实清晰，无法质疑。

　　这个问题，需要仔细分析，轻率责怪诗人们不够努力，是不公平的。在我看来，主要原因，与中国文化的根基——特殊的方块汉字，地球上象形文字仅存的硕果，密切相关。汉字书写的特点，其方正和固化，被古典诗词充分掌握运用，匀称的格式，充分展现了绝句、律诗和词曲等的形式美；汉字独特的声调音韵，也让短小精悍的诗词，诵读时朗朗上口；同时，汉语字（词）的多义性形象性又让简短的句型充满了咀嚼不尽的意味。古典诗词与汉字的默契配合，对诗歌的转型形成巨大压力。如此看来，规范方正的汉字，天然地亲近于古典诗词，而与期望随意发挥的新诗体的关系，不如组合相对自由的拼音文字那么契合。

不过，五四以来的中国诗人们，并不怯于文字的宿命，上百年间，兢兢业业，才华横溢地写出无数新鲜的篇章，多方面地进行了探索。这种探索，表现出可以归纳的某些特点，比如，不在形式美（建筑美）上与古典诗词一竟高下，也不在韵律美方面刻意追求，而着重生发新诗自由随意的表达优势。较为成功的方向之一，是创造适合朗诵的情感浓郁、高亢奔放的诗句，在郭小川、贺敬之等名家手中，这样的探索达到相当的高度；另外一种比较可观的探索途径，是力图用新诗体的咏叹，写出人生复杂的意味，写出富有启迪性的哲理，写出与古人"欲穷千里目，更上一层楼"、"大漠孤烟直，长河落日圆"一般的内涵和意境。新时期以来，不少年轻的诗人在这个方向上艰辛地奋斗，写出过"面向大海，春暖花开"之类的名句。我知道，我的老同学赵丽宏，近年来也积极尝试富有哲理意味的短诗的创作，他新近出版的诗集，概括了这方面的成果。

我不写诗，也没有专门研究过诗歌的理论，上述闲话，是因一位诗坛的闯入者所引发。晓秋先生，本来与我不熟，他拿来自己的处女作诗集，希望我看看，给些意见。我知道新诗难写，一位从来没有发表过诗歌的新人，其作品难道会有奇峰突起的可能？我没有多大的期望。盛情难却，是以应付的心情随手翻翻。谁知，这一浏览，竟让我产生了浓厚的兴趣，并且想出了种种关于新诗创作的"闲话"。

晓秋先生在诗坛上属于名不见经传的新人，但是，他的人生阅历相当丰富，属于见过世面、经历坎坷而自强不息的男子汉。他把自己对于人生的认知、理解和感慨融入诗句，而不和年轻的诗人们在浓烈的情感层次竞争，应当是非常理性的选择。他在创作方面刚刚升起风帆，但文学素养的修炼，恐怕有长期而深厚的根底，是几十年坚持文学阅读的结果，他对语言掌控的尺度，显示了非一朝一夕能够达到的功力。晓秋先生很好地发挥了自己的优势，写出二百多首精炼的短诗，几乎全部是从日常生活提炼出来的咏叹，有寓意，有激情，婉转表达出对世事的深思熟虑。他几乎不太在意音韵的限制，专注于准确地抒发内心。你可以在这方面对他批评，你也可以赞赏他的聪明，假如他过分紧扣音韵，以文害意，那么，诗歌的内涵，会受到损失。

作为诗坛的新人，晓秋先生获得的成果值得赞赏，我就不自量力，欣然写出这篇短序。关于诗歌的见解，自知未必全然得当，但我具备晓秋先生一般的勇气，敢于和盘托出。我有多年编辑工作的历练，因此也向晓秋先生提出一点建议。他的二百多首"随心而吟"的短诗，均是从心底自然流出，合成一集，读起来容易有零碎感，不如分类成辑，题名言志。希望有更多的读者喜欢他的小诗。

孙　颙

2019 年 4 月 28 日

辑
一

都市闲意

秋暮的岳阳路

如果这秋天
在更远的远方
那远方在哪里呢
——远方

秋暮
总能巧妙地带给你遐想
既遥远又模糊

岳阳路上
飘下满地的秋叶
金褐的卷曲珍藏着记忆的星空
哪一枚属于你的呢

门依黄昏，落雨听禅
邈遥的纠缠是烧不尽的时光

孤独者的眷恋
用一个猜测
去猜测另一个猜测
用一个希望
去希望另一个希望

一杯清茶，一段琴禅，一脸天堂
此时、此刻的你
静静端坐
悄悄等待

可秋风暗锁
万籁无声，幽幽濛濛纠缠的你
是哪一个秋暮
哪一个黄昏
哪一枚秋叶呢

我不讨厌你
——远方

2018 年 5 月 14 日

锦绣路上雨声声

风依然是从北边吹来的
世纪公园、锦绣路上
杳无行人
只有
雨和雨声
落下一滴滴雨
也落下一滴滴雨声

我疑惑
那是
雨滴声声
还是
时间匆匆流逝声声……

我向着窗口挪动了一下坐姿
稍稍抿了一口咖啡

尘世如此繁杂
我心如何宁淡
即使我静止
时光
却永远奔流不息啊

雨滴掉在时间中
咖啡也早已经凉却

雨滴不是情怀
雨声也不是梦想
那时间呢

时间，天道无常
时间，天机难测

我慢慢起身
轻轻推门走出了书店

雨滴声声
我在时间中

走在空旷的锦绣路上

自然主义、理想主义
哪个更虚无

2018 年 7 月 3 日

静安寺的空间

中午，在外滩
我拐过和平饭店，来到了
南京东路

岁月
流淌到此，依稀说出了一些
具体的故事

资本
让世俗激动不已
古老的农耕文化
在此被压缩了悠长的
黄昏

历史
曾经发生过
许多不可思议的事情

是否都需要去
弥补、修正

文化
交流、演进、蜕变
真的有逻辑、规律可循

傍晚，一路向西
我步入了静安寺

层层叠叠的高楼
压抑着天空
人流、车流，熙熙攘攘
鲜花如海
人声鼎沸

静安寺
无奈的都市村庄
混沌中的宁静世界

动与静

岁聿其莫

灵魂与物欲
城市让它们和谐
可是，红尘与梵心
却使我心灵不知所措

在精神的留白中
天真
真的还有空间吗

2018 年 6 月 27 日

10

衡山路上的问号

阳光洒在衡山路上
两旁的梧桐树静静伫立
不息的川流
没有一声鸣响

时间，真是一位伟大的
摄影师
在混沌中对景、聚焦
春夏秋冬
在闪光中
慌慌张张地过去了

我呆呆地
望着头顶树梢上孤独的麻雀
想着纠正一个问号

有些路本来是可以走的

岁聿其莫

最后
为什么不得不割舍、放弃呢

俗世艰辛
生命脆弱
我们仅存的童真
真能厘清并选择
多舛命运中的困惑或希望

我慢慢已踱到宛平路口
站在红绿灯下
犹豫着
哪条路等着我去走

困惑或希望

沙、沙、沙
那是
时间收起的旧年岁月
轻轻传来接踵而至的
脚步声声

困惑或希望

哪条路等着我们去走呢

命运呵，是仿佛

2018 年 5 月 12 日

湖南路上落叶簌簌

随风飘落的黄叶
点缀着湖南路的
秋色
时间的蓝天
让寂静和优雅慢慢呈现

流云易聚、易变也易散
今天的天空
已不是昨天的天空

庭院深深
花开花落
可是，风
吹着今天绿枝的韵致
也吹着昨天黄叶的落败

我脚踩着

窸窣作响的落叶

曾经的
月亮隐身，星辰躲闪
曾经的
梧桐飘絮般的思想
曾经的
死亡释放与解脱

美啊
变得模糊而随心所欲
如此任性而破碎的
世间涂鸦

我脚踩着
窸窣作响的落叶

凝望着
那一个个藏满故事的窗口
夕阳、斜晖
遥远已是绝响

岁聿其莫

天下
爱恨情仇
为何，如此一唱三叹

2018 年 5 月 16 日

16

盈盈的秋月

白云洁白
用心地去白
蓝天倒是无所谓
任凭白云向大地作画
蓝天、白云

金秋十月
是这个滨海大都市的节日

一条叫黄浦江
一条叫苏州河
龙凤翩然起舞
衔着东方明珠
大珠小珠落玉盘

时间
的确是不可战胜的

岁聿其莫

是谁打开了美妙的
天机
增长的岁月
提升了谁的灵魂
让十月的两岸成为一首诗

"不知有汉，无论魏晋"
胸堂里响着
——春天的故事
时间的天空
歌声里有你

端上
一碗盈盈的秋月
敬你
知何矣
何知是之矣

2018 年 5 月 17 日

18

复兴公园的过客

春风阵阵吹来
吹远了春天的料峭
吹远了春天的寒雨

复兴公园
桃花吐艳，玫瑰芬芳
葱笼的桂花树
温馨飘香
一片满园春色

但，我不属于春天
不是
春天的花
春天的叶
春天的景

我只是春天

你昨日匆忙的过客

被春风吹动的时间
请走得快些
再快些
让我躲进清茶的宁淡里

躲过三月的春雨
躲过七月的夏阳
走进十月的金秋

被秋风舞动的天空
请转得慢些
再慢些

我习惯坐在公园紫色的
茶棚下
在清茗中
慢慢品味自己
那些潮红的春色
那些郁愤的伤痕

过客

你也在风景中

2018 年 5 月 28 日

宽 容

静静地坐在陆家嘴
隔着浦江水
眺望对岸的外滩
一百年
两个世纪

历史，是多么需要
妥协啊

前世和今生
彼此宽容
让和解比仇恨更彻底

东晋的桃花源
隔着
千年的"流放者"
"采菊东篱下，悠然见南山"

历史，怅然天问
是更虚妄
还是更理想

古老用血面对死亡
悲切惨怛的胜利

荒沙堆砌荒沙
土地雕塑土地
一堆堆荒凉和孤魂
杀戮、痛苦，遗忘、寻找
何时了

历史
正穿越童年的天真
绿色的命运
已被血和杀戮渐渐地
擦亮

海关大楼
又传来沉远、浑厚的钟声

倾听往事
寻找未来
去深深领悟

历史
有限的丰盈和无限的贫乏

2018 年 7 月 4 日

白云吹向哪里

天边，白云
从远方慢慢地飘来
经过十六铺、新开河
又向和平饭店、上海大厦飘去

风从南边吹来
白云你又将飘向哪里

我把书合上
历史合上
书上的秦汉
春秋的秦皇、汉武？

时间
流动得像一条条河
空间
旋转成一个个黑洞

大地孕育了英雄
英雄创造了历史
历史展开了社会
社会走进了自然

我们胸腔里
跳闪着早晨宏阔的光线
可黄昏依然来临
早晨的你、我
谁又能躲得过去

嗯哨的世界
我躲不过去
……

2018 年 5 月 22 日

梅雨绵绵永嘉路

比起绵绵的春雨
夏天的梅雨
沉闷、湿腻，难熬得多了

潮湿的空气
烦厌的心情

我从来没像今年那样
注意并反感这样的季节

是你
打开了我本已慌张的忧悒

整个下午
我坐在永嘉路边深蓝色的
茶棚下
端着一杯

已泡腻了的绿茶
默默地与一个个路口的
陌生人对话

可笔尖流出的
只是低闷、潮湿的车鸣声
心中淌着的
依然是黏稠的灰绪

雨还在淅淅沥沥下着
你让我烦躁
却又让我慢慢去体验
孤独、迷茫

山岳间的崎岖
湖海中的波涛
人世间的爱与恨
生活与生命的自然流淌

哦
每一点，一滴，一刻

……

蓦然，我提笔

一笔笔写给梅雨
一笔笔写给秋天

2018 年 5 月 11 日

阳光，将为你打开

都市
夜，寂静寒深
雨，滂沱冷冽

鳞次栉比的城市森林
悬在
空中的霓幻已悄悄退去
层层叠叠的高架路
交叉着
金、红的涌动也渐渐稀疏

你，疲惫的身影
拖着长长的孤独
油腻的外套
裹着异乡的味道

你，割舍了老旧的熟悉

向往着新鲜的陌生
一瞬的逃离
一世的救赎

你，勒紧世间的痛
儿女情长，悲欢离合
点点滴滴
相忘在汗水下

你，青春倒退，一声叹息
咀嚼着蹉跎岁月
走进了别样世界
也，走进了自己迷蒙的未来

沉重的背影渐渐远去
述说的
是今晚老去的故事
那么明天呢

早晨升起的太阳
阳光

你的照耀
会有普遍、均衡的温暖吗

2018 年 4 月 4 日

秋雨，孤单的思绪

当我站在
奥林匹克酒店顶楼的露台
遥望
万体馆边的环形高架时
不解情意的秋雨
滴滴答答
又一次下了起来

城市，还是如此繁忙
高架上川流不息的车辆
我从未
认真观察过它们的
速度、次序、噪音和尾气
也从未
细致思考过对此的批评或赞美

头顶上的雨

雨上的云
云上的星空
星空上的寥廓与虚无
还有
更高的概念和表达吗
我也过于逍遥

打湿的我
像梦幻般的存在和飘逸

近与远，实与虚
秋雨与思绪
开始和谐表达

秋雨
渐渐滴入身体
带着思绪在空中飞漾
慢慢模糊了自己孤单的
身影

茕茕孑立

浮想天涯……

2018 年 5 月 7 日

十二月的外滩

阴寒潮湿的冬天

十二月
冽风劲吹
寒雨还在淅淅沥沥下着
我站在外白渡桥
一片茫然

望着远处
修葺一新的外滩源
自己颓然地
收起了手中寒伧的雨伞

风
吹打着冷陌和孤单
雨
洗刷着忧郁和沮丧

天空
挤压着时光的年轮
我和我
包括自己心欲的全部
已被风雨紧紧合围、浸润

凋零的树枝
摇摇晃晃
一枚、二枚、三枚……
无奈而失落的湿叶
飘零马路
声声叹
"同是天涯沦落人"

我，战栗着推门
点了一杯咖啡
不加糖
慢慢地用小勺搅动着
远去的岁月

温暖的壁炉

舒缓而惺松

迷幻中
自己
已徜徉在古希腊的沙滩

苏格拉底的阳光
娓娓沐浴

2018 年 5 月 28 日

在新天地醉悟石库门

我站在
过去与现在之间
就像站在
虚无和存在之间

看现在
是过去的另一种安排

观过去
是一种独特的现在

我在新天地随意走走
强烈的
现实存在
却缥缈着石库门的
过去虚无

坐在露天酒吧
过去与现在
虚无与存在
上帝啊
哪个更真实

我
一次次为自己举杯
又频频
向过去的陌生人干杯

石库门醒在当下
新天地醉在梦中

哦
人生在重叠
灵魂也在重叠

2018 年 6 月 2 日

徐家汇教堂的圣音

吹破万里秋风
尝遍人间沧桑
你还安宁吗

白天与黑夜
清醒与梦中
混朦的早晨，浑浊的黄昏

徐家汇教堂
哥特式的双塔高耸
无声静竖的庄重与深邃

教堂内肃穆、静谧
捂慰着
匆匆朝拜者
飘逸、虚空的灵魂

缤纷世界

苍暮人生

安宁者更加安宁

颓废者更加颓废

黄昏

空疏旷远，清朗如歌

草地寂静祥和

花园缤纷秀逸

微风熙熙

远处高架

徐徐飘临的空灵车鸣

桂树下

一个人浅唱低吟

祛除过往的疲乏与疼痛

用诗歌

洗涤贪婪的欲望

缝补善变、飘忽的灵魂

虚妄的苦涩
开始悄悄退潮
悄悄

——宿命，苟且过隙

2018 年 6 月 18 日

虚无还是存在

存在不是存在
它是另一种虚无

鸽群
在虹桥的大厦间盘桓
与高架路上红、白相向的车龙
上下交辉
真实的美，在流动中

可我
却幻迷幻离

46 楼的露天酒吧
停摆的炫动
空置的宁静

微风熙熙

吹起了我额头上的发须

渐渐敞开了

我梦中的远方

默默流连

寄存在自己心灵的风景

远方，是大地、天空

心灵，才是诗的故乡

可黄昏，已渐渐长满

锈斑

梦中的诗歌

是多么可怜

暮霭浑浊的我

又怎么吹得破夕阳上的尘埃

沉睡中胜利的骄傲

在惺松时

被狠狠地咬了一口

让俗世

增添阵阵疼痛与哀伤

虚无不是虚无
它是另一种存在

2018 年 6 月 22 日

武康路上的黄叶

暮秋
温婉、和煦的阳光下
金黄的梧桐叶
撒在幽幽的武康路上
一派舒雅、淑静

我踩着枯黄
弯腰捡起一枚黄叶
轻轻地抚摸
它褐黄凸显的叶茎
缓缓又放到耳边
边走边倾听
它的前世和今生

"我是一枚
被反复遗弃的枯叶
只有穿越过风霜的人

才能
走进并理解那沧桑的故事"

蜿蜒的马路
错落有致的花园洋房
已被悄悄修葺一新
可似乎呈现的
却是一再陌生的
浮影
轻轻的，渺渺的
愁哀

我缓缓地
走在优雅的树影下
沉重地
被历史反复挣扎
……

四季里有影
可，这不是你的选择

2018 年 4 月 8 日

外滩的旧故事

晴朗的天空
外滩
熙熙攘攘的人流、车流
海关大楼的钟声响起
深沉而又悠远

我每次经过
俯卧在浦发银行大厦下的
那对铜狮子
总有一种喜剧般的
——感受

你们
失踪了好多年
是哪天悄悄地回来的

现实

总是被历史不停地改造
短暂
总是被永恒逐步地消融

天空
飘着悠悠的白云

休闲的黄昏
我坐在江边的星巴克
听着
钟声慢慢地叙说
远远望着
那对静卧的铜狮子
希望能从苦涩的咖啡里
品出一个

七十年前旧上海的故事

2018 年 5 月 4 日

晚熟的激情

墨绿色的大遮阳伞下
一杯咖啡
一段往事

远处，人民广场
一群鸽子
围绕着上海博物馆的园顶盘旋
似乎在探寻着
历史不同寻常的秘密

哲学、历史、社会、时事
侃侃叙说
阳光下
一片坦诚，一地裸露

春天
驾着热气球在蓝天上翱翔

你真能飞进秋天吗

喜剧的序幕刚刚打开
何已成为悲剧落幕

哦，四月的春光
已不可能
撑起你心中的天空
冷静的理性
也不可能
稳住你晚熟而澎湃的激情

积习难改
我爱喝意大利咖啡
品着味
但的确有些苦涩

2018 年 5 月 14 日

辉煌的石库门

喧闹中的的凝重
兴业路 76 号
一座普通的石库门房子

青砖、黛瓦
叙述着沧桑岁月

黑漆的大门
沉重而深刻

弯弯红色的门楣
是否预悟着远方的彩霞

近百年前
走进大门
通过小天井后的落地窗
跨入客堂间的

十三位青年人
开了一次会议
改变了中国，也影响了世界

冗长的百年峥嵘
被折缩成
一道道深沉的历史回响

他们，走出大门
都打开了
自己的灵魂

他们，拥有同样的脚步
却走出了
不同的道路

他们，满腔热血，充满理想
却收获了
迥然相异的人生命运

"凡是存在的，都是合理的；

凡是合理的，都是存在的"

激动的，是历史
悲伤的，也是历史

我静静地
走出了红色纪念馆

也谨慎地走出了历史

2018 年 6 月 17 日

墨 梅

春天
走到这个日子开始热了

清晨
花园里的鸟鸣也渐渐变稠
可百花，却越开越盛了

城市是一幅浓浓的
——油画

延安高架路上
洪流般的涌动，流脉十里
静安寺的金顶
闪闪反射着丰足的
心灵

高安路

枝叶葱茏，树荫素影

我匆匆走进
复兴中路拐角的咖啡馆
点了一杯冰可乐
只管压热，不看风情

抬眼，近窗一角
静静一幅画

黑白世界，寥寥数墨
几枝冰肌寒梅
笔墨如此简练

可意蕴脱俗，清澹和雅
冷冷的孤傲
既含蓄隽永
又露出
独立、冰霜般的神韵

一片凉爽

压住了我内心
油画般的热切抒情

墨梅
可否摘下一枝
把你
献给喜马拉雅的白雪

2018 年 6 月 18 日

普希金纪念碑的遐想

雨夜深深
不宽的马路
被行道树遮得严严实实
微弱的路灯
淡淡的雨香

一扫一扫的车灯
照不亮潮湿的马路
却闪出了
我孤独的身影

在嘈杂的世界里
雨夜
汾阳路、岳阳路街心
是如此宁静

面对普希金纪念碑

静静地伫立
默默地冀想

雨呀
你打在今晚
也打在过去
也潜默地打着另一个俄国人

在遥远的
另一个黑色的雨夜
青涩的我
拉起厚重的窗帘
偷窥《复活》
去洞察
走在寒冷的西伯利亚
聂赫留朵夫那深深忏悔的灵魂

在那生了绣的血红年代
站在
忐忑的黑色雨夜里

我们
都曾深深地向往人性的光芒

2018 年 7 月 6 日

黄浦江的钟声

浦江水
在陆家嘴拐过一个弯
经虹口，蜿蜒流向大海

浑厚、沉郁的海关钟声
徘徊在江面
每一下
都撞击着昨天的故事
每一个回声
又都在诠释着昨天的故事

我不是
一个喜欢在冬天徜徉的人
走在江边
冬天的塑风灌满了我的衣襟

历史叙述着历史

沉默叠加着沉默

向着浦江的每一扇窗口
都与时间
达成了深深的默契

永恒包含着短暂
现实包容着历史

浦江的水滔滔向东
大钟的声律弥远悠长

时间
检验着东岸的创意
也回应着遥远的历史畅想

我们该怀抱
怎样更新、更高的格局和情怀
越过人为的拘囿
来包容
走过的沧桑历史

并自信地走向未来呢

海关钟声又响起……

清醒的未来
需要
习惯稳定的历史心跳

2018 年 5 月 12 日

避不开的急躁

中午的热浪
是急躁的

立交桥上的洪流
是急躁的

刺眼的玻璃幕墙
是急躁的

地铁的蜂拥
人们匆匆而紧张的步履
是急躁的

我们每天晚上的睡梦
也是急躁的

和谐

是过去的过去的和谐
和过去的不和谐
传导过来的

在挑战了
紧张的历史生命中
急躁、野蛮
常常铸就了唯一的梦想

历史
急躁而紧张
终究化作了珍贵而破碎了的
残页

历史学家说
重返自信需要耐心
需要度过一个洪荒时代

未来学家说
历史还未平静
但是，我们已经

开始了重新学习和解与和谐

走进《田园》，演奏《欢乐颂》

春天的轻盈
你已渐渐落下阳光的色彩

2018 年 5 月 5 日

故乡，二维的遐想

飞机
在浦东机场起飞，缓缓
向西飞行

依稀可见
东海的恢弘浩瀚
陆家嘴鳞次栉比的繁华

高速公路和环路
朦胧飘逸
像系着绸带的百合

飞机慢慢爬高
我低首回看大地
故乡上海
越来越小，渐渐消失

我恍恍然，迷迷离
自己似乎已搭乘在联盟号上

依稀可见的
是太平洋、大西洋
是长城、自由女神

我再次扭头
透过舷窗俯瞰
是故乡
——地球
你越来越小，渐渐消失

人类啊
昨天匆匆沉醉
今日慢慢醒来

恍惚中我渐入幻境
在鲁国
叩拜了孔子
请释"天下大同"

在伦敦大英图书馆
听马克思
讲授"Commnist Manifesto"

穿越
让灵魂成为自己灵魂

2018年6月7日

智 悟

人世的浮尘
总是纠缠着素净的
衬衣
不是故意的
却是无常的

苏州河的污水
成为都市的一个疤节
可它的曲折、蜿蜒
又成就了一座城市的风景

"青涩和青春无关
自恋和美丽无关"

当我们
激情褪尽，理性诚实
你才能

真实地看到
一个多样、烦杂的世界

我每年
都到大海去游泳
重返自然
回归真实

让灵魂
呛几口咸涩的海水

美啊，是冷峻的清醒

                              2018 年 5 月 5 日

思南路上的告别

早晨，冬色凝重
浓浓的雾霾
把天空涂成灰色
寒意愈来愈凛冽

狭狭窄窄的思南路
空空荡荡

湿漉漉的片片黄叶
满地冷刹

马路两旁的树枝
光秃秃地伸向灰天
似乎在向上帝
缓缓招手

一只麻雀

茕茕孑立在树枝上
带着灰色的绪意
向着大地声颤啁啾
微弱的吟鸣
仿佛在向这个凛肃的冬天
——告别

兀然，麻雀带着
一个孤弧
邈然
飞向旷远的天空

在那个灰暗的早晨
妈妈
您，最后一次从这里静静走过

2018 年 5 月 28 日

远方的石库门

中午时分
我站在那座石库门房前

红砖的门楣
弯弯挂在大门的上方
黑漆的门
显得有些陈旧、沉重
倒是两边青青的砖墙
显得平淡朴实

远方的风轻轻飘来
吹散了我的头发
朦朦细雨
绵绵地飘洒在我长满风霜的
脸上

星球

一半白，一半黑
转动着天下的日日夜夜
世界
一半光明，一半灰暗
牵动着生灵的生生死死

祈求阳光
能在照耀下变得更灿烂
但，怅惘的岁月
简单的生活
过着模模糊糊的日子

在那石库门里
藏着我远方的故事
时光，虽然出卖了我
但从未带走我遥远的
童年

我在门前站了很久
该走了
却记不起

这是一个什么季节
也不明白
自己为什么又来这里

苍茫世界
梦迷人生
自己是在萎靡的匍匐
还是自尊的站立着呢

风
又一次吹散了我的头发

2018 年 5 月 12 日

我们走在大路上

东方明珠
常常与低云相依杯葛
狂风暴雨
常常与暮夜相伴狂欢

只有心中的阳光
才是灿烂的

天使的歌声
不带任何瑕疵
激情驾驭永远的高速公路

岁月的十五
明月
照亮了浦江的水
两岸的霓虹、车流、人流
还有漫天的星光

深深呼吸
让你自由自在地徘徊

何须过度审视
谁不在这漏雨透风的星球上

历史的风暴
远方的呼啸
拒绝
过路人的被动时态
是孤泣者的焚烧岁月
让大地颤抖地喘息

不要总认为蓝天下
还荡满乌云

不要让梦想垂直
去点燃青春的激情和梦想

不要使风声再起
然后大地一起沉浮

我们走在大路上

2018 年 5 月 16 日

九曲桥边观斜雨

雨斜斜的
雨声斜斜的
灰暗的天空
被斜雨层层洗刷
整个城市
以及身处的城隍庙
也斜斜的

中午，在绿波廊
我们望着
窗外九曲桥边的斜雨
斟酒已三个多小时了
你却依然沉浸在旅行中

豪气干云
打开胸膛的激情
兴奋地侃侃而谈

独自赞美着欧罗巴的
雍贵与精致

美好的生活梦想
幸福的结构如此简洁、单纯
燃烧着的梦想
竟然烘烤成了稳定的信念

很少有如此长的雨季

我手持酒杯
摇晃着
杯中残剩的石库门老酒
嗅嗅
已不满的人生

如何才能
走出这糟糕的斜斜雨天
去潇洒一下秋天的
阳光

自己
心中种出的阳光

2018 年 5 月 21 日

雨花中的世纪大道

雨在不停地下着
雨打着雨
新雨
随风追旧雨

人间
有多少烦心的事
就像世纪大道上的车辆
一辆紧挨一辆
车灯
扫着地上的雨滴
千朵万朵雨花

这也好
它至少确定了我在思想
也确定了这个世界
有疼痛、怜悯

有刚毅、离别
以及有刚刚开赛的奥运会

清醒是一生
酣睡就是永恒

夜雨中
路边的行道树枝繁叶茂
隐约还有栖身的鸟

跳进
电脑的方块字
是关于灵魂的疗伤
翩翩
踮着的是芭蕾的诗句

一会儿
落在白天的天使
一会儿
落在夜晚的魔鬼

2018 年 7 月 6 日

南昌路上梧桐雨

雨不大
淅淅沥沥地下着

不宽的南昌路
被两旁梧桐树遮成
一个穹顶

湿叶满地
雨味清香

飘飘的秋叶被轻风舞动
没想到在雨中
独行是那样令人着迷

秋风
夹着秋雨缓缓地吹来
又把思念

那扇闸门悄悄打开

逃逸的青春
隔岸的亲人
还未走远的故事

空疏
贯穿着摇摇晃晃的黄昏

雨中
我不喜欢撑伞
踱着慢节奏
让秋雨，打湿自己的肌肤
慢慢滴入心头

春风啊，留不住
秋雨，慢些，再慢些

心世云横
——"迢递八千远路"？

2018 年 5 月 26 日

辑
二

时
光
流
年

一秋落叶已飘尽

老家
你是我失去的岁月
还是我袒露的伤痕

大门前的花园
草木渐枯
已守不住深秋的斑斓

楼梯、走廊
幽暗、深沉，已染尽尘埃
楼层间的阳台
开着半扇窗
轻轻地叹息着虚无

高挑的屋檐上
探出的树枝
似乎在挣扎、呼唤着未来

只有那风的湿味
似当年
令我深深浸入回念中

天下如此喧哗
小屋一片寂静

花瓶、茶具、橱镜
还有那架蒙灰的小提琴
迷迷蒙蒙
耳畔中响起了
早年轻抒的舒伯特梦幻曲

柔弱的阳光
洒在窗台上
被早已霉黄的岁月冷冷地
吞噬

水浸风蚀
沧桑变迁
老家，你留给我一江风雨

饮不尽的思念
理不断的愁绪

走出老家
落叶在秋风中轻轻飞舞
飘呀，飘
往事啊

早已深深藏在落叶中

2018 年 5 月 31 日

秋天的瘦花园

老家的花园
已成为一种思念

每一棵大树
每一株花草
远处，马路上飘来的
川流声声，都是
远远的、薄薄的记忆
带来的都是
莫名的若有所失、若有所痛

花园已秋叶一地
结着幽幽、凄凄的愁绪
多么像父亲
秋凉阵阵的傍晚
久久地站在花园
不停地抽烟

那驼驼的背上
承载着
过多的历史诘问

可朝向冬天的脚步
又有谁能停得下来呢

秋天的花园
真是个
漫长而又悲伤的画面

树上的叶子越来越少了
夜色也越来越浓了

最后，渐渐淹没了
整个花园

2018 年 5 月 4 日

印记，无需回念

我第一次
如此忐忑地打开了老家的
旧影集
轻轻地抚摸
每一帧过往的照片

每一个亲人
每一段往事
宛如一场梦，又像一段历史
悄悄带我
走进早已遗失的时间

倏然，我哽咽不止

我们已经
离开了那个不安详的历史
那个苦难的

世界也早已昏昏欲睡
生活已被重新装扮
我能够
忍受那某个时刻的脆弱吗

环顾四周
华生老电扇、旧藤椅
绿色的水仙花盆
还有带时钟的无线电

每一件物品
都藏着美丽、真实
但更多的是梦幻、哀伤

每一件物品
都是"遗失的时间"中
一枚深深的印记
但，比不远
那正敲响起的海关钟声
更清晰、更生动

其实，你、我、他
不也早已
成为"遗失的时间"中
一枚枚深深的印记

去触摸、伤感
还是去淡忘、释然呢

我轻轻地收起了旧影集
静静地走出了
——"遗失的时间"

我唯一想到的是
在诗歌中不让那残冬的冰雪

再次飞舞、歌唱

2018 年 6 月 25 日

今夜无人入眠

夜晚
走进跌宕不惑的弄堂
曲折、幽长
高墙深树
摇曳着惊疑的灯光

白纸的张狂
红色的嚣张
那微微点亮的窗户
传出的喧狂
抖落着旧时的肮脏

曾经的公主
避不开今世的慌张
往日的绅士
你是昨天的新桃
今朝的旧符

今夜无人入眠
伤痛无人知晓

我打不开
老弄堂的盏盏路灯
也无法去探测
明天
是光明还是黑暗

秋风啊
你已灌满了暮夜的萧瑟

2018 年 5 月 2 日

芋吹声声了了

西下的夕阳
抖落着傍晚的层层幽暗
芋吹声声了了
却在时空中扑闪地隐匿

灰色的记忆
干瘪的灵魂
在狭小无味的空间里
把思想折起
随意丢弃在角落

窗外一片暮色
窗内更暗、更黑
不需要光明
眼睛到底是什么颜色

没有色彩的旗帜

没有形状的图案
没有光芒的天空
永远把行动悄悄地藏匿

在玻璃上叙述
带着光滑
带着破碎
让表达成为空虚的装饰

在方阵里昏昏沉睡
提早出发
休克的的传单已飘落
集成片片灰白的沉默

隐藏在黑色底片里
那一片片心思
折叠成一种恍惚的倦容
带来迷惑的微笑

腐水念经
不甚惑惑天地

假如我叹息

山岳、大地

又有谁会在倾听

2018 年 4 月 20 日

昏黄的路灯

黄昏已过
爆炒米花的老头
还在弄堂口
打转的小炉堂摇晃不停
似乎也在摇晃
这个纷乱、迷茫的黄昏

阴冷的火苗
跳闪在
老头苍暮的脸堂上
不停地
叙述着愁绪和无奈

不远处
木头的电线杆子上
吊着一盏昏黄的路灯
树影下

碎碎闪闪
昏昏照亮的是
炒米花
还是老头那早已磨损的生命

天已完全黑下来了
我在弄堂口
藏着的心也越来越暗了

黑色的眼睛
紧紧地盯着
马路对面 96 路公交车站的
人影
一阵阵紧张
一次次失望

父亲
是昨天深夜被出走的
今晚还会回家吗

幼小的心灵

岁聿其莫

我在黑暗中煎熬黑暗
又在黑暗中等待光明

2018 年 7 月 2 日

老师在白云间

蔚蓝的天空
渺渺飘着
老师端庄清瘦的身影

只见你
从天堂的白云间悠悠地走来

老师用手
掸了掸肩头上的白云
摘下一颗闪亮的星星
种栽
我的心灵

蓦地，我觉得
自己的心
已被轻轻地放进清晨
洁净的灵魂

打开《史记》
择页间，狂风呼啸
历史
被吹翻了一个王朝

世事难料啊
岁月
早已摈弃在芜杂草丛中

此一刻
是一生

我目光呆滞、暗淡
惦念着老师

只可惜，离开了
老师
您已无法再转身来安慰我

2018 年 6 月 21 日

旧事里的算盘

嘀嗒的算珠
往日的敬意
嘴唇没嚅动
手指嘀嗒着故事

灯盏下的皱纹
长方形的深沉
胸口的暗月亮
述说着别样的日子

涌动的蓝
半截的领口
色彩斑斓的彩票
是生活的激动和精彩

湖边荡着孤舟
男人的力量无法成形

咳嗽也是一种表达
把痛苦献给白酒

广场的热情
灯下的沉默
怀疑是如此简单
信仰却难以坚定

故事高潮迭起
储存的梦想
单调的美丽
演绎的
是一幕幕热血的抒情

黄昏已过
日落山岗
醉过一场场激越的火山
嘀嗒、嘀嗒着

永远的疤痕

2018 年 4 月 25 日

童年的眼神

童年时的我
午睡醒来
总有片刻不愿起身
躺着
总用稚幻的眼神
眺望窗外湛蓝的天空
去等待
朵朵白云奇妙的变化

后来
我长大了渐渐明白
人就是生活在希望中的

但，人
其实，更需要的是在希望中
带一点点
稚幻的眼神

面对蓝天白云

除了俗世

还有人，稚幻的眼神

秋天哦

让我躺在童年里沉睡……

2018 年 4 月 8 日

难忘那些年

四季唿哨
徒然，就吹到秋天了

可一缕缕记忆
还停留在那遥远的春天

金黄色的油墩子
在弄堂口垂涎欲滴

扬起一根长长的发辫
有轨电车的当当声

地上的香烟牌子
手上的冻疮

哦，走街穿巷
那抑扬顿挫的"磨……剪刀"

春天，一片辽阔

窗外
已是几十年的风风雨雨
风声是春天的回响
雨声是秋天的叹息

都说秋天也是一个
斑斓的季节
——憋屈的斑斓

斟一杯
浦江水酿制的七宝大曲
举杯
在一个憋屈的秋天

醉倒！

2018 年 6 月 29 日

第一乐章

我在黄昏吹口琴
突然，想起了早晨的
第一乐章

黑漆的大门
镶嵌在幽幽的老弄堂

肖邦
你从天空中清清飘来
耳朵，在风中张开了敏感的
翅膀

蹒跚的步履
推开了虚掩的大门

黑白的世界
滚动着

天使纤细的手指
清纯的灵魂
又触摸到了一个崭新的世界

春天
那洁白的梦
铸就了雅致的世俗清馨
在岁月的年轮中
慢慢地流淌到了秋天的
黄昏

我的第一乐章
天使纤细的手指
今天，你在哪里

昨天驰荡着今天
在黄昏的的眼睛里
我们
总闪耀着黎明的烛火

直到自己

再也无法抚摸自己的忧伤

2018 年 4 月 19 日

遥远的梦总带着伤口

写字台一角
还安放着当年的旧书籍

旧沙发
似乎刚有人坐过

老式无线电收音机
你依然能打开
"小喇叭"节目

婆娑摇曳的树枝
遮蔽了半边的落地窗
微风徐徐
窗幔飘飘
阳台上
还摆放着青青的兰花草

窗外
蔚蓝的天空
白云朵朵
安详的阳光
被静静的壁炉轻轻地吸收
……

若隐若现的静谧

隔世的悠远
凡间的空渺

喵，喵，喵
小猫声声
猫步隐隐
带走的是已远去的春天

窗外
又是一个春日
花园里盛开的白玉兰
洁白、洁白

白得多像
那远逝，早已失忆、失魄的

灵魂

2018 年 5 月 30 日

熬　冬

开始是
我家弄堂口的梧桐树
掉叶了
一片片黄叶
随风飘落了下来

后来是
整条马路的梧桐树叶
都变黄了
大片大片飘然抖落
一地金黄

此刻的深秋晚景
应该是惋惜还是赞美呢

秋风带着哀愁和悲凉
阵阵袭来

地上的枯叶
蓦地被打旋
瞬间抛向对面的岗亭
马路上一派萧寒、肃刹

父亲的背越来越驼
烟抽得越来越多
睡得也越来越晚
脸像那残败的黄叶
思忖着
明天对他的历史诘问

几只灰色的麻雀
不安地停在
窗前光秃秃的树枝上
不停地随风哆嗦、晃动

我们
小小心灵隔空对视
时乖命蹇
惺惺相惜

沉默的灰天啊
可怜的小雀儿
小心

——别靠近我!

2018 年 5 月 1 日

早春的岁月总难忘

老家的弄堂曲幽深长
一派如素灰绪

每扇窗户
都被枝叶遮遮掩掩
如同往事，如同爱
朦胧、模糊
自我拘囿而令人唏嘘

美是被关起来了
打不开的春天韵致
玫瑰紧锁
何日君再来

一些丑也被关起来了
锈色的日子
父辈们

那早已丢失的心魂
串起了
滴滴崩溃的泪水
牵绕在
家家花园的树梢上

春夏秋冬
几家花园
几声欢笑
几掬泪水
草木兴衰各竟天泽

夜晚
我又一次静静地
走进那熟悉的老弄堂
深深地屏息
独步中
捕捉自己远方的心灵情感

谁也未认出我

2018 年 7 月 7 日

125

友人的风

碌碌无为的生活
简单的幸福
无所谓的微笑

像青草一样生长
像老牛般的行走

花就是这样开的
美丽
就是用这样的朴素来表达

和风熙熙拂着我
也一定拂着你

孑然的孤傲
单薄的心灵
亲爱的朋友

你抱着激情
刮的是哪般东南西北风

我们
期待在阳光、鲜花中行走
或者试图在平静、思想中
找回自己

可美丽的行旅
真能走进你的内心
晚熟的激情
真能缓释、宽慰你哆嗦、平乏的
心灵

人啊
关于世界的思想
我们很难重新开始

2018 年 4 月 11 日

中年人

春寒料峭
紧追归家的晚风
踩着湿叶的碎步
微微醺，薄薄醉

弄堂深处
月落星隐，影子回梦
高墙深树，随风摇垂
春雨潇潇滴碎声
飘飘的落叶
清清的草香

倏然，远处射过一道车灯
闪电锋利
刹一怅，直刺心魂

天又亮了

眩幌中
孤独的心阵阵惊悸

你，为何
如此脆弱、魂魄
春夜
这是你需要的奉献与忠诚

在向黑夜抖动的雨天中
你深深
藏在胸口的是一颗疲惫的心
你深深
含在眼中的是一滴苦涩的泪

世事
无关紧要的宽广
人俗
又何为匆匆一声惊息

2018 年 3 月 13

不惑之年惑惑

你看，生活
是多么杂乱无序

出门堵车，上班迟到
孩子病了
公司又要裁员

时光
变得无比漫长、邋遢

每个人都有甜美的梦
可梦中的桃花都是春吗

把咸涩、糟糕的日子
放在低沉、郁闷的古筝上
倾述吧

但是，我相信
生活是可以缝补的

黎明
暮夜又一次
把善变却充满希望的一天
交在我们手上

片片绿叶
声声鸟鸣
缕缕阳光

在这个狂狷、赤裸的
世界上
我并不期盼
自己
能过得多么的滋润、美好
生活只期盼
你能偶尔带给我
一点点
小小的

岁聿其莫

——确幸、喜欢

2018 年 5 月 23 日

往事梦歌

我知道
你遍体都是伤痛
唱着孤愤的歌

忍着痛
匆匆去寻找心中的春天

匆匆地
去乡村、去平原
去山坡、去森林

去放飞自己
把春天的鲜花放在胸口
长出阳光
抚慰自己的阵阵伤痛

在没有春天的日子

只有苦涩和幽长的
暮夜
让梦来惩罚自己
去逃离，去疯狂
去向旷野呼救、呐喊

我知道
你遍体都是伤痛
唱着孤愤的歌
……

"星星点灯"
请轻轻
唱起水手的歌

"擦干泪不要问
风雨中这点痛算什么"

2018 年 4 月 19 日

青坡草

温顺的山羊咀嚼着
连根拔起的青坡草

轻轻的虚念传来
永远无法被听清

山坡上青草沛绿
山脚下荒石颓露

天上，慢慢飘来的
朵朵白云
渐渐流变成爬满缺口的
砍刀

暴雨前的风
变换着
复数的速度

昏聩的方向

午睡惺惺的梦中
已穿起了皇帝的新衣

孤傲吧
已成为
对无为、无能的一种抵抗

星辰满天
夜里，却下了一场
纳闷的冰雹

湖边
青坡草受伤了
只有虚俗的风
和天空中飘过的闲云看到

没有叹息的声音

2018 年 4 月 23 日

微　笑

我被一种
温润的微笑击中了

带有
隐隐的勉强和暧昧
那是一种高纬度的
微笑

我一直感到奇怪
那种微笑
后来怎么会演变成为
一种面具

其实，那种微笑
在尘世中是被褶皱过的

微笑相当自然

岁丰其莫

你需要小心的是
他的创意
但你
却不具备第三只眼睛

生命丰富多彩
生活多姿多色

我无奈，偷偷地
选择隐匿那微笑的生活

这样也好
虽然失去了些快乐
但有效回避了疼痛

天空蓝蓝的
还是呈现出一种不真实的美

悲悯的天空
坍塌的微笑

喝一杯红标老酒逍遥

只吟诗歌

何望微笑

2018 年 5 月 11 日

远方的秋夜依然悲凉

晚风飒飒清冽
弄堂深深幽暗

灯盏绰约的窗户
隐隐濛濛的惊魂

婆娑的树影
摇曳着不安的瓦墙

雨声滴滴入诉
黄叶满地横秋

谁的
细碎、恍惚的脚步
影影地走来

回首

你又在哪里

秋夜的悲凉
五十年前的故事
为何，今晚
你
依旧细数如泣

秋夜的风雨声啊
何时，才能裹住早已远去的

幽灵

2018 年 4 月 20 日

感性只在梦中沉醉

在梦中
我尽情地、自由地寻找
铺满青春
铺展幻想的明天

一点点可爱
一点点青涩
一点点朦胧
一种
轻率浪漫主义的激情

手机
在某一个震荡的时刻
唤醒了我休眠的理性

天微亮
诚实的早晨

带着浓浓的倦意
概念已被轻轻地擦新

我，低沉告别
踩着
理性保守主义的真诚
尽量让一切的
今天和明天
明天的明天

恰当地
顺其自然

2018 年 4 月 30 日

旅途迢迢

我选择旅行
其实是去解释一种困惑

青葱的步伐是一种装饰
异彩纷呈
一笔笔色彩
仿佛一块块青涩的疤痕

中途的山路陡峭峻险
不稳定的默契
绞碎的心力
颠沛的孤单在露风漏雨

含蓄的激情
回避着敏感的复杂
峥嵘旅途
脸庞

常常发出油腻的笑声

四季的天
春雨、夏炎、秋风、冬雪
每个季节
都在摇摇晃晃

不一样的世界，不一样的天
一样的月光，一样的孤寂

不回首
唱起同一首歌

我选择旅行
其实是去实现一种逃避

2018 年 5 月 1 日

我是我世界

钓沉往事
如同大海泛舟
波上沉下
谁又能自主沉浮

所有的不幸
都是睁着自己的眼睛

身体的层次
头脑的结构和表达

羸弱
都把隐忍视作一种力量

带着充沛而自信的美
对灵魂的不满
并不来自身体

一次次航行

一次次风暴

一次次夭折

世纪的疾苦

却又是尘世必要的安排

收回往事

不再表达

在这漏风透雨而又窒息的

城市

我蹒跚去寻找遥远的窗口

听听自己童年的

——朗读声

2018 年 5 月 10 日

远远的怀念

情不自禁
走进梧桐成荫的马路
夏阳灼灼
蓦地清凉了不少
一种内心沉静的凉爽

转瞬间
不知何故的忧伤
倦态的目光
频频回望四周
似乎在寻找什么

哦，在寻找自己一折再折的
人生

这熟悉的马路
有过春雨、冬雪

有过夏日的蝉鸣

曾经童年的歌声
曾经父母的身影

返身，我折下弄堂边
一片青叶
轻轻地抚摸它的
青春光泽

昏眩的目光远远眺望
萦绕在梦中
却又熟悉的花园
就像弯翘的屋檐
静静地
凝望着高高的树冠

悄悄几十年
就这么过去了
可我为什么还一直在久久
惦念你

然矣
老去的秋风
你早已压弯了烟雨的黄昏

2018 年 5 月 23 日

冬青之歌

冬青
低矮、质朴，平静、无华

你从不计较
每年长高的树枝
开出的新叶
被花匠毫不留情地剪去
却依然保持着冷静与庄严

你从不埋怨
长年紧紧围绕着群芳
当百花争艳时
却心甘情愿地成为护花使者

你从不惧寒
历经风雨，饱经风霜
涂蜡似的叶片

青青一生
用隐忍表达内心的坚强

我悄悄走进故旧的老弄堂
惊喜、错愕
多少年了
冬青
你依然忠诚地竖立两旁

我是岁月的逃离者
早已保持着对你的遗忘
可你却是
一首不平凡的歌

冬青
你让我无法保持
应有的平静和力量

自己
该用什么语言呼吸呢

2018 年 5 月 25 日

夕阳不为我落

又是一个秋天
一切久久难以忘怀

岁月匍匐
旧日酥软
缓缓数十年
不像自己手中的清茗
一饮而尽

十月末的黄昏
秋风萧瑟
太阳
还挂在西边的树冠上
可风吹动的树枝
显得有些老了

老屋窗前的枝叶

依然挡住了半个窗户
风吹动着窗纱，习习飘然

风情依旧啊
只是
少了母亲的唠叨
和父亲的咳嗽声

我轻轻走进花园
静静地坐在小石登上

花草闲适，人世旷达
时空停得太久了
可自己的生活和想象
作比较
是如此的迥异、粗糙

我剪了些不知名的花草
犹如当年
插入古朴的旧花瓶
放在客厅壁炉的炉台上

顿时
生命似乎敞亮了起来

走出老家
夕阳无限好
深秋
舒展出了辽阔与斑斓

秋天
你已为我渐渐打开……

2018 年 6 月 19 日

老弄堂的歌声

老弄堂的歌声
在春天里
永远开着清纯微笑的
花朵

女孩们的橡皮筋
跳出的
生花脚影和窈窕芬芳

秋夜的蟋蟀，曲曲声声
惊挑了
哪家男孩的心神

早熟的纵横捭阖
风烟青春
风火"四国大战"

邻家孩子们的吵架声
也早被默默的成长
拥抱

心有所念
却心无所求

每一棵树，一朵花，一片落叶
都心怀真挚的好意
幸福
是那么的直接和率真

"月亮走，我也走"
星星
早已不是那颗星星
春天的稚趣
也早已被世间的风雨匆匆
卷走

俗世后退
人生

走出多少晦暗的天色
度过多少惊心的生涯
命运快车
又只给你
留下一个憋窄、渺茫的出口

哪一天，灿烂的阳光
能把人世的伤口
照亮出
春天的明媚，秋天的星空

唏嘘
让我们再荡起双桨

2018 年 6 月 29 日

烟味的离梦

因为任性

我们

终将用科学和事实来惩罚自己

多年前

我一直喜欢抽烟

晚上

双指挟着红双喜

捧着心中的理想

一路走进真理的阳光

近年来

我才逐步理解医生的

真实的告诫

可抽烟

你怎么从未
真实告知灵魂与肉身的纠葛
让我
割舍不断地去崇拜
却又让我
一遍又一遍地再犹豫、再彷徨

哦，稚嫩的苦恼

落日晚霞已铺染天际的黄昏
作为行者
我已告别抽黑了的时光
迈开双腿
一路走进真实的绿色

连同我的灵魂

2018 年 4 月 8 日

苍茫的旧岁有春天

人随诗，诗随梦
梦随世，世随辽阔

鸽子盘旋的城市
没有荒凉
整个天空
任你自由自在地辽阔

老弄堂、旧岁时
已无昔日
清朗的笑声、琴声
在冬日的寒风中
隐忍、克制地喘息
庸碌无为地生活
悄无声息地变衰、催老

"问君能有几多愁

恰似一江春水向东流"

人随诗，诗随梦
梦随世，世随辽阔

春风化雨，枯木逢春
你是朝霞
时空豁然
依然吹得是东西南北风

我折了一束初蕾
轻轻地
放在弄堂的旧花坛上

2018 年 7 月 7 日

辑
三

自
然
行
吟

月牙泉之问

站在松绵的鸣沙山上
我深深地疑惑
不解地望着脚下的月牙泉
在荒芜的死亡中
你是
如何延续着生命的流淌

我不懂沙漠的语言
也无法揣测它的猛烈与疯狂

可，月牙泉
你的安详与清澈
想告诉我们什么呢

此刻的我
仿佛已凌越在旧时的天空中
极目眺望东方

又回首凝望西方
妄想跨越时空
去触摸你神秘的心脉

留空的时间正在流失
面对
壮怀激越的历史蹁跹
月牙泉
你该如何表达呢

是应在痛苦中追求永生
还是应在坦然中面对死亡

无法回答
谁答谁错……

2018 年 3 月 24 日

离离原上草，萋萋满别情

牡丹的雍容华贵
梅花的傲立风霜
我们
赞美得太久
赋予得太多

去倾听青草的歌声
去关注青草的命运

天空上有多少星星
草原上就有多少青草

我在呼伦贝尔下车
脚踏草原
手捧草香
咀嚼着青草的苦涩
凝望着草原的质朴和善良

167

崇敬
阳光哺育了一切生命
感恩
大地与所有生命一起呼吸

秋风吹起
草原荡漾似海

我愿意
扑入广袤的大草原
心安梦宁
像青草一样
永远简单、朴素地生活

大草原的胸膛
已为我打开……

2018 年 5 月 20 日

超级蓝色月全食

超级蓝色月全食
一百五十年后的今天
我们有幸与你再次相见

红月亮
……蓝月亮……
白月亮
嬗变地悬移在夜空中

清风带着呓语般的声音
轻轻飘至我的耳廓

在大地的黑暗中
为什么，只有你这双
黑色的眼睛
在犹豫、在忧郁

我在梦中
睁着明亮的眼睛去飞翔

久违的蓝月亮
那是你
十万年前悠远的遗光
还是你
百万年后隐约的臆影

此刻是何时
何时是此刻
迷幻中的你
是今天我的飘逸

梦醒时分
我却闭上
黑色的眼睛去流浪

千里大地
万里月色
无声的柔美

今夕是何年

是昨日、今朝，还是明天
是梦的开始
还是梦醒时分

2018 年 2 月 2 日

自然释义录

青山、原野、低云
苍苍茫茫的时空
狂风和暴雨在欢呼歌唱

一道闪电剪破苍穹
暮夜的神经被刺中了

瞬间的寂静
刹那的恐惧
是为了
霎时未来的等待

惊雷如约
凌空爽朗坠地
惊怵了大地生灵的心魂
溅起的
却是一身阳光和彩霞

再也挡不住的美啊

别梦升华
离魂飞扬

苍茫、旷野和裸露
狂风、暴雨和电闪雷鸣
那不是
真实的恐惧和苦难
那是
生命的释放与再造

大自然
是最好的自由和真理

2018 年 3 月 12 日

雪白的呼唤

天微亮
透白的光穿过帘隙
把我撩醒
睡眼惺松的浓浓倦意

大雪纷飞
窗外一派银装素裹
每枚树叶
每片屋瓦
每扇窗棂
泛白大地，心灵的别样

厚厚的雪，透透的白
花颜一样的雪
晨曦一样的白

雪

是一种语言
是一种思绪

白
是一种激情
是一种意蕴传达，精神张扬

小区寂静，马路空旷
为一场多年未见的白
——雪醉
是孤独者难得的意趣
胜过任何
独处、美酒和诗歌

雪
不停地打在脸上、身上
我听见了雪的歌声
胸膛的白雪花
已飞向大海，飞向太阳

一路雪尘

我回首
身后留下深深、长长的脚印
已被渐渐地推向了

白色的远方……

2018 年 5 月 8 日

风鸣啸啸

戈壁荒原莽莽

长河落日苍苍

世间在此

心中的寥廓、静默

才触手

可及、可惊、可叹

栈道幽幽漫长

孤寂斜影落寞

尘世瘦影，印在夕阳中

命运

一个飘忽的名词

挥洒在

贝多芬飞扬的手臂上

梦

轻轻抚慰的地方
都是苦、都是痛

谁
又能自我张狂
在这个星球上
轻快、飘洒一生

大漠荒尘辽阔
残阳如血沉落

风鸣啸啸，啸啸
你
从那里吹来
又将吹向何方

生命虽弱
不屈就强

谁也不知你的边疆

2018 年 6 月 1 日

心语，向大海说说

我循着海滩
又走了回去

无辜的白沙
被重重地踏在脚下
可积郁、苦涩的疼痛
在哪里

海疆万里
寻找高悬的灯塔
藏着脆落的心灵
可拴住的是清纯的
灵魂

苍穹
咫尺天涯
幽幽空空，郁郁浊浊

身边的大海
涛声依旧
仍在迷梦中

走吧
总要走向大海
湛蓝深深
浩淼茫茫

风起浪涌
将凡心
荡成万里涟漪
去抵达梵音袅袅的彼岸

抬望
悬天明月
去放生自己永远达不到的远方

2018 年 5 月 18 日

美在自然中

历史的花匠

修剪着春秋的叶枝

园艺精湛

神奇幽微

却常被原野断然否定、拒绝

那些枯萎的树木

遮蔽了森林的阳光

怎么又活了

青草悄悄地在私奔

大雁并未飞临

梦中的候鸟依然飞翔

听到了

看到了

都沉醉在流动中、恍惚中

盘旋头顶的秋天

在旋转

秋风

带着萧瑟

渐渐吹凉了庄重的原野

一缕缕阳光穿过森林

卑微的生命渐渐被温暖

原野

喜欢森林的原始

如何拯救

一天，每一天

都是

一个又一个

不属于自己的秋天

2018 年 6 月 28 日

两个月亮

我站在阳台上
望着花园中的池塘
月亮
落进了水池
天上、人间两个月亮

我激动、疑惑
天空
你的深度是那样不可揣测
时间
你的向度是那样无可捉摸

水中的倒影
清虚的月光
积悃的心渐渐澎湃

把秋天倒进水池

让秋夜的菲薄
心怀春雨

我轻轻地走近池塘
两个月亮
两轮月色
两种安慰

蛐蛐声声
尽在月色里起伏

廖默而壮阔的秋天
你真的来了
来了

突然
我打泪眼眶

秋月
请静静安慰我……

2018 年 6 月 2 日

风

大浪涛涛
浪涛涛
涛涛

沙早已沉淀
浪依旧涛涛

我为谁狂
浪涛涛

——涛涛

2018 年 4 月 5 日

185

海色畅想曲

遥远的风
传来隔空的喧闹
怀抱理想
爱着你的呼吸

打开胸膛
灌满你的叙说
去寻找未来的崇高

巍巍远山
简单的行囊
一头青丝
走尽了茫茫的黑天长夜
柔弱的身躯
深深地触到了大地的坚硬

复杂的痛苦

在无限眷恋的落日中
静静地等待
那一刻，坚强地释放

走出大山、走出黄土地
走出喧嚣
苦难
刻在疤痕和沧桑的桅杆上
扬起风帆
向着大海

这一刻的迸发
宣誓了一个新的时代

哦，多好的蓝色啊
多好
祖国的胸膛
——为你酿酒

2018 年 4 月 14 日

胸膛里的涛声

你心怀于大海
为何沉默于尘世

夜晚
我与大海为伴
陶然于物外

潮水波涌
拍打着金色的海滩

大海
为什么是黑色的
因为天空更黑

星星
为什么总在眨眼
因为总有生命在律动

人
为什么会孤独
因为心欲的膨胀

潮水波涌
拍打着金色的海滩

世界在酣睡
可灵魂在飞翔

主词，你无为意指
修辞，我无所适从

秋天的浪涛
是大海梦中的歌声

潮水波涌
拍打着金色的海滩

大海啊
你如此的深邃

又如此的宽阔

我轻轻地
把大海揽进胸膛，安放好
灵魂

陶然物外
随风而逝

2018 年 4 月 18 日

青山绿水，再见

复数的夜晚
死亡的夜晚
千千万万死亡的夜晚

夜晚
梦中的苍生、苍灵
无声地吟唱

阳光灿烂是钟声的
敲响
再见了，夜晚
接受早霞
灵与肉交辉交赞

静静地倾听
钟声
缓缓地叙述

收起侃侃而谈的俗世语言

抬望蓝蓝天空
片片白云
飘临于青山绿水
仙姿秀色
不染一点尘埃

站在山顶俯眺
谁也没说
也没有谁在说

寄入于山水
——未来再见

2018 年 4 月 24

箫笛声声，岁月悠悠

黎明
是一种朴实
那喷薄的火焰就是朴实的

大地和岁月牵手
堆积春夏秋冬
粗瓷碗
盛满一碗碗霞光

江河谁不知潮汐愁
回浪拥堤
你能锁住
浪尖上激越而短暂的光芒

高天的夕阳
你能系住
莽莽苍生晚霞的灵魂

洒满一生的朝霞
从火焰开始
跌跌的夕阳
抚慰的
却是老家古老的窗棂

起风了
雨声穿透了竹箫
每个竹孔
都灌满了暮秋的箫笛声

岁月悠悠
岁月
已不再悠悠

2018 年 4 月 26 日

夏天，你太炎热

在黏腻、闷烦的仲夏
多么渴望
时空的雨
澎湃滔天，势不可遏
倾天如注，盆泄滂沱
洗刷如污如浊的
天空

我的灵魂
在颠沛、飘零
在微弱地吁叹
恍惚中
病痛、衰老、褴褛
颓岭、墓碑、破庙

请你，不要把远方的
污浊

堆在我的肩上

记住，也不要把身边的
不欲
塞进我的手里

春天的丽人们
秋天的陌人们
这是个心猿意马的朝代
把你
把我
都挡在了你我之外

沉默地屏息
去体验在雷雨中狂跑吧

大路朝东
天道有常
人世无常

摇晃着的未来

谁会去修改

仲夏雷雨的密码

同样，谁也无法

打开

情感迸涌，万物蓬勃的明天

好了，夏天

我再也不会来讨好你

2018 年 4 月 30 日

晚熟的冬天

我梦见了
那个可疑的冬天

夕阳西下
黄昏低垂
世纪的寒风

信仰
总是富有强大的引力

一切流经
它的血，变得那么潮红
一切贴近
它的心，跳得如此激越

狂躁的思想
犹如一匹脱了缰的战马

爱和恨

排斥着任何逻辑

大地在颤抖

雨夜

我被一阵朦胧的声音惊醒

"随心所欲的意愿

早熟的悲怆

也可写成一首赞美的颂歌"

是谁

把满天的星光

随意丢弃在荒废的矿井里

又是谁

让悲伤和痛苦

臆想地发出欢笑的回响

人啊

血肉都一样

你、我、他

灵魂，是那么的不一样

冬天
总落满层层的雾霭
多情的沧桑
是滴滴擦不干的泪水

2018 年 5 月 25 日

大爱是辽阔的幸福

春天走到了秋天
还有春天吗
阳光交给了月色
还有阳光吗

一切包容与包融
都是信念
如何安放好自己的
心灵

一片片白云
也都是一缕缕相思

让有限
把时空和美学
——无限融合

五月
花颜娇蕾成一首歌
十月
粉桃郁李也是一首诗

呢喃岁月
把幸福缓缓融入
大爱里

生命邂逅
在这个繁华的大都市
去追赶远方
瞻望未来的辽阔

在黄昏
重塑自己的信仰和心灵

2018 年 5 月 26 日

心灵在哪里抚慰

沙漠掩埋了森林
暮霭遮蔽了月色
地球的深处
是一首首哀伤的歌

我们
该为森林、月色
悲哀、哭泣吗

掩埋、遮蔽
从来没有消失过
掩埋、遮蔽
只是自然对自然的永恒艺术

月色
同样可以辉照夜空
森林

也会覆盖荒原

其实，自然的
胜利和失败
又是自然对自然的一场场华筵

高高在上的自然
是一个
既混沌而又清晰的世界
远远传来
却都是
人类久久的伤痛

我、你和他
该如何关注
自己
漫漫生命旅行的疲倦和贫乏

滚滚红尘
袅袅梵音
我们

在隐隐的悲痛中疗伤
你该僭越在
哪个梦境中

2018 年 6 月 28 日

秋叶的意外

你可以注视春天
花园里
百花竞相争妍
然后渐渐花败
就像你曾经的理想
慢慢淡去
而时光的色彩
还久久
流连在花园、在幻觉中

我想
阳光是照耀着我的
春天繁花
就会纷纷扇扬吐芳起来了

只要心中有阳光、鲜花
那一定是

梦想常常的浇灌

心中的金桥
时远时近
在留白的人生中
是一阵阵狂风的考验
远远地惦着
那从未追寻的绚烂和结果

秋天的色彩
有时，真让人醉得
不知所措
可焦渴的脉动
又起念于渺茫，叹息于孤独

秋天
又常常带来意外

秋叶已落，积攒的
落叶
已铺满

田林中幽静的小径

2018 年 6 月 25 日

偶 遇

我偶然遇到了老去的陆放翁
匆忙走出驿亭
深深叩拜，不胜敬仰

仰慕、惋惜中
我为老人诵起了《咏梅》

"……
零落成泥碾作尘，
只有香如故"

驿亭外
烟雨濛濛
雾锁丘陵
一派壮志未酬的山山水水

"风有时、有色焉？

世如风，风空矣！"

我迷惑，无以作答
望着老人远去的背影
渐入青山
逝于云端
山水一片苍翠宁静

一个孤行于寒冬的人，并非
只念着春色啊

历史还如此青涩
时间才是天空的密码

远在天边
近在咫尺
时空的虫洞
自己
仅仅只跨出了一个边陲驿亭
南宋的风烟就在眼前

你的背影

让我忧伤

2018 年 6 月 30 日

悠悠的白云苍苍的天

面对你的喧哗
我选择
用沉默对待自己

黄河的水位很低
怎么可能
一奔腾就携带着丰收与光明

历史
宽阔得让世界无助地忧戚

千年春秋
风铃声声
凡世卑微
高耸的苍穹如何翻越

在深邃的黑洞中

何必寻找愤慨与怒怼

夜梦

走不到的远方

白天

也一定都在迷幻中徘徊

驰骋在

苍茫高原的汽车

打开北斗

把自己许多

早已凝滞而虚幻的热忱

默默播撒在

白云和星空中

青春呵

历史不需要你的早熟

2018 年 7 月 4 日

草堂无奈的叹息

谁能用一片秋叶
遮住
一夜呼啸的塑风

谁能用一首诗
挡住
一条奔腾的大河

空旷的历史
像弥蒙、悠长的时间
在冬日里
拖长茫茫黑天长夜

怀古凭吊
风中
飘荡的都是惆怅、颓唐

一样的草木
不一样的春秋
掉一些
被谁家的鸟儿意兴地衔去

游成都
瞻草堂
风浊水浸，沧桑变迁
大雨沛泻，草木深深

"俄顷风定云墨色
秋天漠漠向昏黑
……"

影影绰绰
飘零着
少陵野老褴褛的破唐装

2018 年 7 月 5 日

依 归

我喜爱登山
不为别的
只为登顶

别以为去
看喷薄而发的日出
看巍峨挺拔的群山
看飘逸流变的云朵

不，不
我仅仅
携带着枯瘦的灵魂
孤单地去
渴饮弘漫的星空

天宇墨翠
低垂无语

我紧紧咬碎世俗奔腾的

欲念

伸出双手

轻轻地

一遍遍地

一遍遍地

去抚摸闪亮的星星

闭上眼睛

让自己的心跳

与无限对接

与永恒律动

灵与肉

自觉依归于自然和空无

2018 年 2 月 10 日

一地阳光，一片绿洲

我坐在月亮的山口上
遥远沧桑
荒芜裸狂
时间早已逃离
欲望匆匆退场

茫茫野野的寂静
苍苍锈锈的墨色
生命被洗濯了
没有痛苦，也没有烦恼

别魂无山月
离梦不怀春
超越的生命是并行的灵魂

空的美好
无的全部

我默默地，静静地缝补心灵
慢慢让灵魂浸润爱
牵着
唤醒
自己沉睡的世界

暖暖的，清清的
……

一地阳光
一片绿洲

2018 年 2 月 6 日

缺雨的夏日

清明的雨
绵绵的，密密的
春天很快过去了

缺雨的夏日里
如此的闷热、烦躁
生活变得恍惚、无味

让自己
涂些清凉油在脑勺上
躺下、闭目
静静地听一曲"天鹅湖"
优美的旋律
纯美的童话

不久，睡着了
梦中下了一场大雨

轻轻拂过一阵凉爽

真实的夏日
悄悄走进的
却是不真实的夏雨梦境

让自己
随意牵引春雨潇潇的日子
悠漫的雨滴
不再沉重

坚强的时间
需要时间的坚强

2018 年 2 月 18 日

你的太阳

山下
村寨的深处
细细的油灯
忽明忽暗的炭火

你
拿起祖辈的杆秤
掂量着大山的重量
撩拨起屋外吹进的北风
催眠出的新梦
去寻找山里最近的彩霞

在岩石上雕刻黎明
大山的曙光
降得很低、很低

你

走过多少山坳

越过多少山岗

才能消弥

山里的遗失和遗憾呢

攀上大山的峰顶

脚下一片残枝枯叶

瞭望远山、远方

遥听海涛、海风

喔，蜷伏在大山

借来的美丽

穿的是邻家的衣裳

你

挥挥手告别山里

最后一片悠悠矇矇的醉美

走出大山

你的选择

是你自己的太阳

2018 年 2 月 27 日

春天里的晚风

冬天的枯草
带着寒风和哀鸣
被春天的生命连根拔起
在春风中
吁叹着萎落、残缺的故事

大自然是崭新的
平原、群山，蓝天、白云
还有阳光
都听到了青草的歌声

春天的脚步
踩着的是高铁的节奏
这是一个过敏的季节
渗透在轨道深处
迷幻了的内心暮色
阵阵地惊悸、勃动

让梦念
把最后一抹夕阳
烘焙得更加温宁
抚慰过去的你和今天的我

疲惫的时间
只多了一声叹息

走下高铁
站台上
西下夕阳的余辉
斜斜
默默
身影被拖得又细又长

晚风渐渐吹起……

2018 年 3 月 7 日

月光里的太阳

我多想
收藏一轮圆圆的月亮
收藏希望

虽然孤独
但却很宁静
我只想收获平凡

太阳的伟大是真诚的
总有一束阳光
可以穿透黑暗
带来光明

大地对朝阳
有着深深地依恋
已经有好多年了
大地也是有温度的

夕阳
在多数的日子里
带有一种炫目的美丽
携带着晚霞一起到来
染尽锈红锈红的天空
大地
常常渗出了不平凡的血色

平凡
承担着沉重的疲倦
又在伟大中
对生命抒发着柔软的真诚

我
收藏了一轮圆圆的月亮
也收藏了希望
憧憬着
让太阳走进平凡

2018 年 2 月 5 日

蓝色昂扬

风从东边吹来
并不知道西边的故事

从山里走出了春天
唱着理想的歌曲

是大地的情怀
还是大山的梦想

需要回念
还是需要忘却

不知痛
才是痛啊

春天的风帆
在黎明之后的再次起航

披星戴月

赶着

去聆听大海涛声的昂扬

向着蓝色

辽阔里有梦

——不再选择

2018 年 4 月 2 日

辑四

文心拾遗

向日葵

我久久地
凝视着"向日葵"

粗厚恣肆的笔痕下
低垂的葵冠
行将枯萎的葵叶
带来了伤楚而又激动的
画感
弥漫着强烈且又深刻的
悲剧意识

梵高
你想告诉我什么
是短暂、死亡
还是持久、永恒

当我

还来不及呼吸的时候
你却已经凋零
生命如此紧促、短暂
是你
还是我

当我
用紧张、局促的生命
表达、理解你的时候
是否已经
完美地诠释了你的
永生、永恒

迷一样的梵高
永远的"向日葵"

——耳朵
　　是时光凌乱的鲜血

2018 年 4 月 28 日

凋敝的艺术

人类
十万年后你在哪里
有英雄站着

人类
百万年后你在哪里
有文明站着

人类
千万年后你在哪里
有自然站着

人类
今天在这里站着
你应该
是一种怎样的姿态
准确地去面对未来呢

历史在叹息，但不同于痛苦

文化，至简

2018 年 4 月 6 日

无为而治

东海之滨
万家灯火
星光灿烂

都市有光明
但缺少思想
十年流逝如一天
弹指挥间

时空上飘浮着尘埃
阴霾层层
让尘世变得愈来愈晦暗

在这广袤无际的天空下
有多少
荒原、沙漠
孤独、寂寞

时空隔膜的黄昏
一颗还未擦亮的星星
偃伏着
心中多少困惑和渺茫

十年前
复杂的世界
带着简单、晚熟的快乐
十年后呢

今晚
手持《道德经》
开始认真思考老庄

在这个寥落烦躁的秋天里
我静静地

只读这一本书

2018 年 5 月 29 日

芳华，让我们沉重

走出大光明电影院
走出了《芳华》

我一边原谅着
评论的荒谬
一边又感愤着
岁月的无常和无情

是谁为我们
打开了命运多舛的旅途

风吹过戈壁
一定也会有沙漠
就像一个
有弯弯月亮的夜晚
一定会有太阳升起的早晨

岁聿其莫

当余纯顺
独自越闯茫茫罗布泊
廖寂、空旷、原始
你认为
——壮士
是渺小、孤影呢
还是伟大、壮阔

无边无际的诚恳被动
需要信仰
不断地再沉思、再成长

当生命长出了翅膀
命运
你究竟飞向哪个远方

在生命中
让我们学会深刻
懂得隐忍

别让一只麻雀

敷衍了湛蓝的天空

2018 年 7 月 4 日

历史是文化的

风吹着原野
也吹着历史

命运的一切都是偶然的
没有人能挑战结果

在混沌和希望中探索未来
形而上地再沉思
带着眼泪
一些思想被吸收
一些思想被永远深深地隐匿

谁是
漫漫孤旅的步行者
是我，是你
还是千年春秋

娓娓讲述春天的
故事
大地在迷茫和虚无中
被惊醒

再次走进黎明的曙光
彩霞满天
激情地唱起春天的歌

在历史中
静静去抚摸文化心脉
宏观辉照
微观达至
我们该膜拜谁呢

成熟地叙述
已渐渐导引我们通向了
——哲思

孔子，孟子
还是

岁聿其莫

苏格拉底，亚里士多德

2018 年 7 月 7 日

244

绝对时刻

人生如戏
我们生活在故事中

每个人都是角色
需要许多遵守

故事按照逻辑展开
"一切都是最好的安排"

让非理性主义表达
去理解人生的苦难？

只有绝对时刻
你才有短暂的鲜花

岁聿其莫

　　——绝对时刻
　　短暂鲜花?

　　　　　　　　2018 年 4 月 12 日

幸福刹那

我不关心幸福，只关心
——痛苦

在痛苦的挣扎中
去解析希望中的幸福

幸福是快乐的暂时
痛苦是哀伤的永恒

来吧
我们应该能做的是
忍住你的泪水
默默地让阵阵痛苦
伴飞你的梦

悄悄地
轻轻地

去，走过

——瞬间
　　去走过你的幸福

　　"在我最深的内心里面
　　为你庄严地建立祭坛"

2018 年 3 月 30 日

书 变

前天
我合上那本书
放下，干杯
天使
透过我玻璃的心脏
牵手飞行在蔚蓝的天空

昨天
我又一次拿起那本书
喔，一杯醉酒
天空并不干净
蔚蓝的天空
你这么会呈现不真实的美
天使的翅膀
飞到哪里去了

今天

岁聿其莫

我其实早已失去那本书
早已离开了那个时间
也早已消失在那蔚蓝的天空

渐渐膨胀的天空
远高于我的信仰
更高于我的激情和理想

我说，再见
不再阅读
我已坚实地在大地行走
并分享
每一秒平静、平凡的瞬间

2018 年 3 月 9 日

250

是非藏在价值中

你向我走来
我向你走去
相向，相交而过
你认为是我经过了你
我认为是你经过了我

北极说
自己在南极的上方
南极说
自己在北极的前方

人间的爱恨情仇
有多少
深深埋在尘世的灰烬里
毫无价值地随着大地
一轮又一轮地转动

世间的是非曲直
又有多少
深深嵌在历史的缝隙中
随心所欲地随着史书
一页又一页地覆盖

真理与谬误
永恒与短暂
在人类谈论理想、主义时
是谁
在这纷繁复杂的世界里
庄严地期盼崇高的是非

马克思老人
仍站在伦敦大英图书馆
俯瞰世界
展望未来

世界
价值是一本历史书

"分久必合，合久必分"

2018 年 3 月 14 日

自然为道德立法

自然为社会立法
社会为道德立法

历史
终将走向自然为道德立法

时间和空间
自然和人性
宗教和世俗

今天
历史
该如何准确而全面地表达

灵魂和肉体
我们应该逐渐成为朋友
还是

我们继续互为对视、隔膜

自然为道德立法
今天
历史
你何时才能完全准备好

时间是自身的理性

历史需要耐心
人性需要等待

——"道法自然"

2018 年 4 月 12 日

你纠缠着我的远方

在这喧闹的世界上
我，却咀嚼着孤独
我想悄悄摆脱

在明天的词典里
我偶然发现了
"我我"，这个词
蓦然，心中热闹起来

"我我"
你是一根弧线
远远地纠缠着我的天边

——纠缠
天边有我
自己还会孤独吗

我忽然
想起了自己心中的主义

这个世界
有时是多么荒谬
一不小心
自己
竟然多了一个灵魂

2018 年 4 月 10 日

信马由缰过世界

今天
是昨天的未来
未来
是今天的明天，明天

在虚空的尘世里
时间
只留给俗子最平凡的生活

音乐歌唱早晨的太阳
哲学呼唤理性的智慧

可闭上黑色的眼睛
真能
减轻凡间的阵阵伤痛

夺眶而出的泪水

真能
流滤俗世的层层灰尘

单纯的时间
是早已走旧的日子

我无法
拥抱宁静的和风
——无法

孤独
才是我唯一的灵魂
孤独
才是我唯一的自由

信马由缰过世界
我去寻找失踪

失踪世界在边疆

2018 年 4 月 5 日

视 野

我不需要安慰
内心早已平静

冬天的雪
决定着春天的雨
夏天
为秋天制定章程

我嘲笑你的歌声
却羡慕你的眼泪

思考并不重要
关键在于准确

2018 年 4 月 6 日

沉默的博物馆

历史博物馆
沉默地
坐落在广场的西面

我在沉默中
妄图释然一些沉默

东方人说
历史是人民创造的
人民万岁

西方人说
历史是英雄创造的
英雄万岁

秦皇汉武是英雄
我沉默

埃及金字塔是人民建造的
我沉默

人民是英雄吗
亦或
英雄是人民吗
我也沉默

在广场
自己重重地摁灭手中的烟蒂
拐过一个纪念碑
匆匆走出了
沉默的历史博物馆

历史有言
大音希声

沉默中
我无法想得更明白了

2018 年 4 月 12 日

历史的踌躇

我们，至今还不完全理解
毁灭
是一种什么滋味

历史
你在沸腾的激越中
能谨慎地禅定吗

古巴比伦、古埃及
悄悄地不辞而别
今天的你
到底走进了哪家的春秋

王朝的更替
战争的血腥
贫困、饥饿和疾病
历史不断地哭泣、呼救

彼此的投影
哪一天不在地球的角落里
晃动

风暴还未远去
黎明远未到来
大地如此沉重

"一沙一世界，一花一天堂
双手握无限，刹那是永恒"

自然有魄力
不断地折腾、掀翻我们的星球
那么，社会
在你编辑的历史程序里
还有多少关隘
需要人类共同面对呢

时间的理性
时间在折磨

2018 年 4 月 13 日

激情的盲区

秋天的悲哀
是春天的随意漫步

匆忙的寻找
阅读的是
轻风吹开的扉页

在概论上驰骋
匆匆被血管吸收
狭隘的思考
谁能成就思想的经典

用未来的眼神
窥视今天大地的细节
让秋天的蔬果
唏嘘成长过程的渺小

岁聿其莫

春天
刚叫出百花的声音来
过敏了谁的神经
谁又在秋天里
盲目地忧戚

历史常常虚无
历史又常常被解释为

——虚无

2018 年 4 月 14 日

扮 相

有人说
假是需要伪装的
因为假
需要通过层层掩饰
来达到真的目的

有人还说
有的真
也是需要包装的
因为真
也需要一定的打扮
来达到更真的目的

往事如烟
缄默似铁

生活

我们是否需要认真
可目的
早已消融在远去的灵魂中

世间啊
为什么扑朔迷离
只因你携带着层层迷雾
只因真相的灵魂
永远嵌在了大山深处
那层层叠叠岩石的缝隙中

伪装悲悯
包装也悲悯

2018 年 4 月 12 日

灰之歌

莫非要看透白
让白中更白
毫无瑕疵的白
一切尽在煞白中

莫非要打磨黑
让黑中更黑
无限黝黯的黑
一切尽在墨黑中

永远的天空与大地
永远的迷惑与伤痛

真理不近
谬误不远

让稳重的灰

岁聿其莫

——走得更远

2018 年 4 月 24 日

走回《道德经》

我早年
拜会了柏拉图
后来，又见了
黑格尔、海德格尔
想让哲学
走进思想

我相信
伟大的思想在于哲学的
浇灌
更伟大，更哲学

天空是有维度的
天空需要晴朗
明亮的天空上是思想
蓝天上的思想
也一定更哲学

我问海德格尔
哲学
怎么才能更好地走进思想
是世俗，宗教
还是，意识之上的
——主义

大师笑答
"道可道，非常道"

转身
送给我一幅字

"孰能浊以静之徐清
孰能安以动之徐生"

2018 年 4 月 24 日

俯首天地淡无痕

我从未设计过
人生的伟大
也从未想过怎样精彩地永恒

海浪瞬生、瞬逝
前赴后继
涛涌不尽

新生
是迈向死亡的第一个脚印
死亡
却常常创造了永生、永恒

春天的原野
多姿多彩
伟大
你的影子并无色彩

永恒
常常也是一种虚幻和空芜

平凡是对人生的尊重
自由是对人性的真诚

我想平凡生活
有爱、友爱

"风吹草低见牛羊"

2018 年 4 月 26 日

光 明

醒来

我的醒来

那光明的眼睛

常常笼罩在黑暗中

梦中

我的梦中

那黑色的眼睛

常常闪耀在光明中

醒来的真实在梦中

还是

梦中的真实在醒来

此刻的我

是醒来

但还是在梦中

岁聿其莫

那就睡吧、梦吧

我的诗歌
我的孩子

2018 年 3 月 26 日

单纯的天空没有风雨

已入秋了
渐黄的枝叶
怎么还带着春天的嫩叶呢

高高昂起的头颅
需要脚下坚实的土地

在松软的田野上
让诚实成为坚定
用厚实的手茧
去耕耘未来的大地

窗外的天空蔚蓝
草原辽阔而深远
为何只盘桓在自己的天空
去醉美
那一株孱弱、孤零的樱花

概念，为存在立身
修辞，为存在喻指
思想衷于真实
而不是秋天的浪漫主义

站在老槐树下
去抚摸折皱的真实粗糙
走在雪野山冈上
去体验峻岭的凛冽风霜

擦亮眼睛
需要哲学智慧的思辨

话语形而上学般的教条
声音在风中摇曳
但却在风雨后彼此

照亮！

2018 年 5 月 8 日

我在，故我思

不需要打开窗子
就知道
这是个阴霾的天气

远处，南浦大桥
盘旋引桥上的车辆
打着灯缓慢移动
心情
被憋屈得很窄很窄

白天
常常不懂黑夜
人们希望灿烂的阳光
可白天的美好
却需要黑夜的连接

黑夜漫长、难熬

需要耐心和爱

下午北风吹来
雾霾
挣扎着自己荒诞的胜利
一种愚蠢的荒唐
却又是
无可奈何的天常天道

我的世界
时间
匆匆走在秋天晚霞的背后

尘世中的秘密
藏在天空中
我还是
尝试着飞去听听、看看

亲爱的笛卡尔
——我在，故我思

2018 年 5 月 15 日

幸福是一种坦然

历史的界碑模糊不清
一半在光明中
一半在黑暗里
被谁拯救
又被谁抛弃

你说
花园前的榆树
被风吹得东倒西歪
鲜艳的牡丹
长在旧年的时光里

如果腾飞是一种风险
那下坠就是一种希望？

秋天来了
最好把苦涩的果子收起来

我
尝试去做的是
渐渐地走近历史

在白天
咬住无序的黑白思维
吞下过往的岁月蹉跎

在夜晚
幸福地微笑
安详地入睡

2018 年 5 月 18 日

窗　口

读那本书
是很久以前的事了

在冬日的夜里读
整夜、整夜地读
彩霞在心中飘漫开来

有蓝色的爱
绿色的真实
多彩的世界
还有金色的向往与希望

微微的薰风
远远地吹来一阵阵芳香

在早晨到来之前
不再去

岁

聿

其

莫

忧虑内心一致的向往
不再去
疑惑外界整齐的色彩
也不再去
怀疑天下划一的姿态

她包扎了渗血的伤口
也抚慰了枯萎的心灵
还点燃了生命的勇气

悄悄拉开厚重窗帘的一角
漆黑的漫漫长夜

忽然，远方
一颗流星，刺破黑空
挑惊了茫茫黑夜脆弱的
神经
也点亮了大地

点亮了

大地，你倔强的庄严

2018 年 2 月 28 日

远方惑惑

你说
未来的日子在远方
远方
风和日丽

可在
月黑风高的黑夜
面对茫茫荒野
你却频频向我招手

我
不明白你幽幽的善意
到底想
把我带向何方

2018 年 3 月 31 日

人类命运是共同体

过往与未来
历史的坐标
我们正站立在最前沿

哲学的天空
连接神学
儒、释、道千年合流

孟子，隔空
亚里士多德
黑格尔的逻辑
被马克思点亮 Communism

炊烟
自由地飘向天空
让我们在狭窄的意识里

287

闪出
雷神的光芒来吧

青草
都能听到上帝的声音
森林
都得到了大地的慈爱和哺育

让尊严和卑微和睦相处
把所有的爱
汇聚在一起
去喷发共同的曙光

命运的雷神
吹破闪电
瘦雨飓风，豪饮同尽

家国天下论
看天骄、数风流
唱好

——同一首歌

2018 年 5 月 31 日

灵魂审美

我恍恍站在远方
却又静静坐在近处
月光轻轻抚我
远近两茫茫

在夜雨里行车
风声起
马路两旁摇曳的行道树
像一盏盏晃晃的路灯
斑斑驳驳
影影绰绰

梧桐树有些年纪了
透露出
怎样的基因信息
不断地牵引着远方清虚的
灵魂

敲打着树荫下独立的
骨头

子夜后的树影
在月光下慢慢行走
秋虫
你在为谁歌唱

美
是可以被不断摧毁的
但痛
会被彻底忘记吗

我在梦中
天马行空

在电脑上
敲击着无数可能的结果

2018 年 6 月 21 日

尊 严

当邮轮
缓缓驶进纽约港
自由女神高高矗立
告诉我们
自由、民主、平等

当红船
在南湖巡游
握拳宣誓
共产主义宏大理想

当人生之帆驶入夕阳
来到生命边缘
灵魂
该如何表达、安放

谁来

真正抚平人内心的柔软

锁不住放荡的世界

古老的盘旋

不在任何旧年的回望中

人性敏感的胎记

终将毫无声息地摆脱

时间、空间

无限地去接近一个

高维的猜想

人啊

你的灵魂

何时才能真正获得

彻底的

——自由和尊严

你的死亡

岁聿其莫

能否变得与新生一样
——神圣

2018 年 6 月 27 日

殖 民

不知道该原谅什么
只觉得
在这个世界上是否都可原谅

历史与时间重归于好

历史
在生命的杀戮中
鲜血，已被时间
涤荡成墨西哥湾蓬勃的浪花
在潮汐中
已冲刷出大西洋的辽阔

新生与死亡重归于好

奸淫的的恐惧、痛苦
像梦一般的遥远又真实

岁聿其莫

惊忧的眼睛
仇恨的泪水
却也迎来了
加勒比海的桑巴舞

有时，个别是多么
丑陋
可整体却常常呈现
生命之美·

历史
在冬天里
常常充满遗憾和倦容

可悄悄走近
你，却又是一个春天

2018 年 6 月 28 日

296

明天会更好

时间早已远去
历史也想远去

谁在梦中
计算时间与历史的
比率

茫茫荒原
世界并没有思想

在春秋的篱笆里
去探寻历史
弯弯曲曲
迷迷离离
遮蔽的是什么

真相

常常只匿藏在层层褶皱中

历史受伤的翅膀
不妨碍救赎的光芒

未来就在当下
幽蓝的梦
并不可靠
窗口的朋友
我们需要检验真实的
历史创意

时间的年轮，早已被
历史照亮
人性的时空天存，让生命
更美好

历史的界碑
一半在冬雪里
一半在春风中

2018 年 6 月 29 日

重　叠

神学家说
过去与现在相遇
是虚幻与真实的统一

昨天
我们用年轻的勇气
反叛着父辈们的唠叨

今天
我们用黄昏的骨架
承载着儿女们的抵抗

我们
身处不同的时代
却说着一样的故事

哲学家说

消失与呈现同在
是时间与空间的融合

怎么回答

人世重复
却又是一个不同的重叠

无法回答
因为
这就是我们的生活？

2018 年 4 月 3 日

眼睛的心情

拂晓的眼睛

在拂晓

还执着地追踪着晨星的

轨迹

希望发现厚重的秘密

暮色的眼睛

在暮色

还灵动地撩拨着繁星的

面纱

期待破解彼此的心情

我仰望寂寥的星空

空旷而沉默

恍惚而飘逸

辽阔中迷思茫茫

突然，我被黎明第一抹曙光
击中
疲惫的目光被点亮了
哦，天亮了

我揣着感动
战栗着
向着茫茫天际默默地呼喊

再美丽的心情
也无法照亮星星的秘密

不久天渐渐亮了

心灵荒芜
人性沧桑
阳光下
早已没有了星星

2018 年 3 月 14 日

辑
五

青春放逸

致青春

海上种树
草原拍浪

收起梦想
在情感奔涌的生命中
摒弃虚妄的智慧

向天空瞻望
对生活诚实
穿透迷幻
不要想着打开每一扇窗户

星光下
把自己
献给无为和平凡
让泪水洗刷你的青涩

忍让的本质
是对飞扬的蓄势
苦难的本质
是对灵魂的拯救

遥远的风轻轻地吹来
教条的歌声
能疗愈受伤的心灵

春风吹不尽
时光走不完
春天
让心魂自由地在天空中飘扬

"世界是你们的"

2018 年 4 月 16 日

火　焰

不要太难过了……

时间就像天空中的云
飘漫、迷散
总是悠悠存在的

亮起胜利的眼睛
晚上
去睡醒一个白天

黎明
溅满疼痛的泪水
渐渐绘出的是期盼的彩霞

总有一枚箭
会射落天边的云彩

小心
需要你用心中的火
努力地去燃烧百年

世事追逐
心远已梦马

2018 年 4 月 6 日

美学风情

早晨
薄薄的蓝天上
飘来几朵淡淡的白云
我似乎发现了
关于自己的春天

地铁刚进陕西路站
潮涌潮汐的人流

车内，沉浸在风景里的
低头族
站内，上下拥挤的
自动扶梯
——变成了和谐、友好的风情

在潮湿的城市里
自己已悄悄地

沉醉在
浪漫主义的幻觉中

车站边的花坛上
我发现
几枝不知名的小花

那是原野的女儿
还是囚禁的丁香

我心中开始舞蹈
云雀蹁跹
如幻如梦

在《廊桥遗梦》中
惊叹
人性中闪烁的灵异激情

在《金色的池塘》边
享受
夕阳下安详的温情缱绻

美啊

你才是人性的思想

2018 年 6 月 21 日

走出雨巷

丁香
芬芳、忧愁
凄婉、迷茫
一个结着愁怨的姑娘
缓缓飘过

在那个彷徨、寂寥的
雨巷
一个女儿
千万朵思香

丁香
你，为何
被囚禁在那悠长悠长的雨巷

世上近百年
你，又为何

还未走出

这冷漠、凄清、惆怅的

幽幽雨巷

青石、灯盏

颓墙、斜篱

雨中的哀曲、叹息

凄凄、沉沉何时了

红尘太风骚

俗世太风情

谁借给我一把油纸伞

让我独自撑着

去寻找

孤单、孤独的丁香

携你、护你

走出那百年深深的雨巷

——诗歌里没你

诗人

你何以再情定"丁香"

2018 年 4 月 23 日

光影间的感叹

莫名地觉得
光影没有消失

桃花开了，光影在
秋叶落了，光影还在
从未消失
影影绰绰
光的随影

生活，在明媚妍好的
季节
流水淙淙
花儿朵朵

胜利，是一场盛宴
需要鲜花
那是对真理的一种崇拜

其实，失败也是
一场华筵

茫茫的苍穹
寸寸的天涯
沉默的时间
挡住了
层层暮色和阵阵晚风
让生命更美好

西边的树冠
还挂着傍晚的夕阳
清秋舒朗
微风熙熙
枫叶依挨着杏叶
簌簌落叶
只有色彩
没有声音

迷迷离离的光影
喔，那是

时空的感叹号！

2018 年 4 月 25 日

风景深处都是情

浦江的水拍打着岸堤
江心游轮如梭
白云下
风从东边轻轻地吹来

对岸的摩天楼
夕阳下
戴着金色的帽子

左手边的花坛
花团锦簇
身后的香樟树
扬起高高的树冠
频频向浦发银行门前的
那对铜狮子招手

江水的湿味

车流的霓虹

海关大钟，嗟，嗟

草木繁华，城市交响

魔都

每一种声音

都是一种歌声

每一种景致

都是一种念想

摩天楼的"金帽子"

携着夕阳

一定反射在遥远的边陲小镇

我知道

你刚刚走出学校

匆匆穿过了那窄窄的

碎石小路

一缕缕夕阳

小河弯弯

默默地流过沉寂的青山

2018 年 5 月 2 日

青春隐隐叹息

淮海中学的故旧
现在哪

有些事情是很难忘却的
就像故乡的山山水水
一直会在心中婆娑
那流近她的血
就会变得殷红殷红

淮海路、延安路、人民广场
风景这边独好
深红色的时间
世纪的晚风

旅途的颠簸
单调的风景
渐渐远去的星光

谁能挽回峥嵘人生的苍白

生命的路基
碾碎的韶华芳容
经年的陈风
掀起只是
瘦瘦、薄薄的回响

熙熙攘攘的淮海中路
淮海中学的故旧
你在哪里

风风雨雨
梦幻中
永远青春的是叹息

——远方，远方，更远方！

2018 年 5 月 18 日

雪 痕

有梦的地方在远方
更远的远方在心中

当夜色降临
眨眼的星星
把心苗洒在草原
篝火一堆
把夜空染得彤红

凝语的星空下
怀揣着远方的你
篝火啪啪欢跳
飘然的雪花
与你我一起翩翩起舞

草原白雪皑皑
暮色，早把风雪酿成

梦酒
醉酒当歌、当歌

片片雪花
闪闪薪火

梦中的雪橇
留下了远方深深的
雪痕

我们手拉手
是从哪里悄悄走来

2018 年 6 月 1 日

秋色天涯

我远远眺望着
港汇广场花坛上俊逸的风姿

车流匆匆不息
中间隔着
虹桥路的栏栅和花盆
三色堇
像轻盈的蝴蝶
翩翩在马路中间飘逸

秋天夕阳下的晚霞
总比春日雾霾中的晨阳
更清澈

日落黄昏彩云的天
秋天，用清咳
过敏着春天的蚕花

在秋阳的天空中
从未听到过远方春雨的
潇潇声
也不知道什么是色盲
春天的斑斓
只裹在自己的心里

轻风微微
吹动着黄昏的三色堇
也抖落了夕阳的天色

我用小勺
匀匀地搅动咖啡
思忖着与春天无关的
秋色天涯

晚风渐起
苦涩的咖啡，早已凉却了

2018 年 6 月 2 日

时间在空间行走

幽幽时间
是一根无限的天线
在白云间悠悠连绵
链接着
都市和天空的未来

古朴的豫园
唯美的氛围
穿梭的人流熙熙攘攘
可为何
陌生和忐忑

都市的波光打满情感
奔腾着进涌的激情

延中绿地的万家灯火
霓虹迤逦

浓香醉人
可又为何
只能远远瞭望
不能近近细看

把星光摘下来
与时空达成默契

火焰
是蓝色的创意
未来的天空
不会是都市的绝响

迎着秋天
长征二万五千里

2018 年 6 月 20 日

夕阳的琴弦

西边的彤云
渐渐向东
却难以凝聚成雨

夕阳的琴弦上无声
——无声

让秋天
去品味那稠稠的酸楚
是谁在思想
又是谁在遗忘

迷朦的悠远
在期待中更忧郁
思想的双手
捧起的是尊重

我稳住了沉着中的激越
却丢失了心中的阳光

藩篱中的独处
谁还奢谈青春的舒朗

大河汤汤
晚霞早已沉落
点上一柱香
寻找心中的安详

明天
东边的彩霞不属于我
我只想留住
属于今天的微笑

夕阳的琴弦上无声
——无声

2018 年 4 月 16 日

无声的清朗

你是一颗小小的种子
深深地埋在
冬天冰冻的土地下面
稚嫩的生命
在不对称的强大中
承载着巨大的黑色沉重

没有天空
没有阳光
只有孤独和微弱的呼唤

可你
不习惯妥协
不习惯绝望
更不习惯死亡

你深深地向大地呼吸

轻轻地唱着自己的歌

你相信，不久
春天
一定会携着太阳
给你一个深深的吻

生命
经过卑微和磨难都属于春天

多想
立刻就捧一个太阳给你啊

2018 年 3 月 31 日

虚　构

窗外，风中阵阵传来
楼宇间
时弱时强的萧啸声
一片混沌、漆黑
我却已渐渐走进了曙光

虚拟的命运
写到此时
也渐渐有了生命

穿越灯光点亮的马路
一路向北
迤逦连绵的大厦
闪烁的灯海，早已阑珊

为何，邂逅在春天的
梦境中

却又为何离别在秋天的
梦醒时

晨雾释放了幽怨的
醉意
是谁哼的欢乐颂
却带出了悲凉、浑浊的回音

一寸方言
代表了一寸天涯
萧索的寒冬
走不进春日的雨天

虚拟的生命
写到此时
才渐渐构成了命运的诗句

2018 年 6 月 25 日

飘忽的音旋

真实的岁月从未被打破
林中的小鸟
很少在林中追逐
而只在树冠上啁啾

在秋天的沉闷中
你想到了
春天的绵绵细雨
上午的朗读
风
却在第二天凌晨吹拂

十五的月亮和星光
并不在一起
也从未交换彼此的美

在浑浊的琴弦上

听到了
迷茫、模糊的颤音
可音律并不完整
变幻的调性
让琴弦上的旋律躲闪、飘忽
而不确定

月亮
已挂在左窗角
错音，刚刚走进殷红的
伤口

秋风已凉
薄纱轻舒的慢旋
演奏着都是诚实而又
脱俗的序曲

你能把秋天的旋律
吹得多远……

2018 年 6 月 28 日

晨曦中的晚灯

当我的眼睛
开始亮起来的时候
打开了阳台的门

城市，那远远近近的
万家灯火
早已暗淡下去了

晨风
轻轻地拂起我的衣襟
拂过我
拂过你
拂过
徐家汇天主教堂的双塔
也拂过
静安寺佛堂的金顶

风中的迷思、幻觉
静静地熄灭
轻轻地重生

晨曦幽微
在我时空隔膜的惘想中
春天
你并没有走远

举头望星辰
听晨风低语微微
清灵秀逸
倾心似歌
飘逸在飞行中

黎明的眼睛是金色的
霞光四射的辉映
被风吹得很远很远
去寻找
遥远春天的那一盏

——晚灯

2018 年 6 月 29 日

蓦然的火焰

昨天
你给我一颗火焰
装在一帧精美的信封内
甚至透过信封
也能感觉到燃烧的热炎

我冰冷地
躲避着那春天的意外
无意剪开封口
让落满尘埃的你
深深锁进抽屉的角落

今天
寥寂中的我
不经意地剪开了尘封已久的记忆

一段盈缺的过往

一抹远去的弥然
穿过
幽幽的时光隧道
我才看到了你未褪尽的疏影

打开的是淳美风景
留下的是黯然神伤

回念着
搁浅在远方的那时刻
我在心中
默默地祈祷那远方的遗失

此刻的你啊
还是你
此刻的我啊
已是菲薄的我

此刻，我是燃烧的澎湃
此刻，你早已成为那时冰冷的我

蓦回首
那是一种伤惋、守望
还是
一种寄思、尊重呢

2018 年 3 月 29 日

红咖啡

咖啡馆冷冷清清
我端坐一角
用手中的小勺
轻轻匀着自己悄悄的孤独

复兴西路
聂耳铜像的街心花园
草地早已枯黄
遛狗的女孩
清瘦的红裙子

秋风
带着寒意阵阵吹来
寥寥的行人
紧裹着衣襟
踩着匆匆忙忙的脚步

街景，你让我
想起了一个陈旧的秋天
一件红色的风衣
是她穿着
清丽的脸
长长的发辫

模模糊糊的记忆
手中的咖啡早已凉却

秋天的孤独
我怎么会
又想起那个遥远的秋天呢

春天的明媚
在秋风中飘扬
谁又能保持丰满的矜持

2018 年 4 月 18 日

秋天的风云

秋天
是一个慢斟细酌的彷徨季节

没有进入你以前
已经遇到了一切
进入了你以后
已经忘掉了一切

黄昏后的高原
马犹如
一片忧郁、孤薄的白云

兀立天地的长吟
飞鞭策蹄的塑风

比昨天更近的昨天
是你的幻游

苦寒似的讴歌
缺少的是清淳的回声

捧起的只是彷徨
单纯的天空依然空旷、遥远

比明天更远的明天
只有风和白云

远方
彩云多情的泪水
只是天空遗失的春日细雨

比明天更远的明天
只有风和白云

秋天，沁沁觊觊

2018 年 4 月 19 日

青春轻轻咏叹

我听到了
身旁小草的叹息声
也听到了
远方森林的低憾

往事
是一首诗，一首歌

青山默默伏守沉寂
白云悠悠开放苍茫

三月的云
飘不进九月的雨
偶然回眸
是春花的误会
还是秋叶的踌躇

千转百折
跋涉的秋天
是那么苍白、无助
逶迤连绵
是谁，挡住了朗读者的
风景

草木有情
俯吻大地

春天啊
阳光如此爱我
可我
是否辜负了你的青春

2018 年 5 月 30 日

安福路上的树影

每个人都拥有秋天
那每个人一定
都曾经拥有属于自己的
春天

安福路上
我是
春风殆荡和怀抱星星的人

微风轻轻地
拂动两旁的行道树
春夜是多么安宁

隐隐约约的路灯
把你、我身影
拖得飘散、迷离

风是温柔的
树叶是多么清香

路边，那些
黑色的篱笆和灰色的墙
忽明忽亮的窗户
我知道那里面
有多少情意绵绵的故事

午夜
走近树影下的乌鲁木齐路
晚风习习
吹过了情感的边疆

在温郁的子夜里
我们手拉手跨过了春天
可在冬天的萧瑟中
为什么我们却又挥挥手
跨不过寒冬

火红的年月

遗失的情愫

我赤裸着自己的双脚

长久地亲吻乌苏里江的黑土地

你的双眸

在我的春天里滋养

却无法

在自己的冬天里温暖

"暗香浮动月黄昏"

偶然回眸……

渐黄的梧桐叶上

落满的

都是春天难以飘散的记忆

2018 年 6 月 19 日

海风吹着我沉默

海风
打过的岁月不知疼

站在海边
面对浩淼涛涛的海浪
我相信
一切都是短暂的

风从北边飞过来
一道道踌躇的天色
犹豫的心
未褪尽的伤痕

水笔中
怎么长出了青柳
渐渐变暖的风
吹不散昨天的忧郁

飘过的海风
还在轻轻地低语
是过往的遗失
还是未来的瞻望

沿着沉默的海滩
向时间妥协

海上升明月
用内心的疗伤
去修炼自己恒久的孤单

沿着沉默的海滩

——沉默

2018 年 7 月 6 日

小塘弯弯向大海

弯弯曲曲的小塘
沿着窄窄的塘岸
能重新走回童年吗

珍爱时间
葆有对命运的激动
能使我们干净自己的灵魂

在那温暖的春天
枝叶葱笼
草木葳蕤

和熙的阳光下
暖暖的惬意
那是一个可以活出滋味的
天气

春日的梦
很短，很甜
醒来，脚步并未顺着
小塘的水岸

无路可走！

秋天不会太远
黄昏的夕阳何以栖身

"世界那么大，我想去看看"
悲怜的眼神
放肆的精彩
在白云下
也在你的天真下

生命，在无聊中执着
命运，却在喘息后晃动

2018 年 7 月 7 日

一首首星星

天还未亮
我就被花园里雀儿们的鸟鸣
催醒

叽叽喳喳的啁啾
此起彼伏的雀跃
萤火般的清灵、透亮

如果遇到一个好天气
微风徐徐
花叶清香
幽幽黛蓝色的苍穹
群星璀璨
何不把诗心洗练苍翠

哦，清空的灵魂
勃动的生命

总在此时

我会快步走进花园

打开

黎明那座诗歌的矿山

仰望星空

意境开阔

掏出

藏在心魂中的秘密

融景入情地去惬意宣泄

用一颗颗星星

串成

一首首心中的歌

2018 年 5 月 15 日

春之华，秋之实

夜梦
总潜润地伴随着
青春的歌声
重返春天的早晨
虽悠远平淡
却又难以隐忍思念

谁能把
春天的阳光藏深、舞透

到大海去看看吧

大海
前赴后继，奔涌扑岸
卷卷的回浪
壮美而又如此壮烈
何不能稳住幻逆的心灵

但，海的心事
不会坦然地展示给你

浪涌、浪夕
浪尖、浪花
都有自己希望的蓝天
都有自己仰慕的星辰

大海
用胸怀包容了自己
是那么的从容、平静
但是，又是那么
热烈、奔放

我赤裸着双脚
情不自禁地跳进大海
畅游、翻泳

兀然，夕阳下
秋天的芳华
从容地——挺立起海岸

哦，海子
"面朝大海，春暖花开"

2018 年 7 月 4 日

超 凡

我实在太平凡了
说不出任何可以
辉煌一下自己的光荣

但现在，我逐渐
开始不接受这样的平凡

有什么可以成为平淡的理由
有什么可以囚禁挑战之美
也有什么可以比与死亡搏斗更加美妙

做出一些壮烈吧
去点亮自己的人生

尝试着
与鲨鱼作一次大海的搏斗

向喜马拉雅
作一次登顶的冲锋

在苍穹
作一次凌空的飞翔

走进森林
作一次裸野的旅行

在与死亡搏斗中
去寻找
独特的生命品质与价值
去体验
灵魂的脉动与升华
去享受
平凡中无法获取精彩与光荣

燃烧自己吧
去吧

只有摧毁平凡

才能超越平凡

2018 年 3 月 4 日

白云和清风

时间深处的空间
瞬时
飘着那朵悠悠白云
你让我匆匆追赶
追上了
可时间、空间，已不是那个
瞬间的时空了

清清的风
从六月吹来
我感受到了恬淡与温馨
九月
你再次吹来
那还会是六月的风吗

白云和清风
是时空绽放的春天

聚光沉思
回味时空
这么清心，这么飘柔

所有的白云和清风
更多的
是相逢、相识、相知

远去的白云逝远
飘零

倾听清风，悄悄地叙述
守候心魂，静静地回归

谁还愿去
认真寻觅
迷茫时空的积困和郁愤呢

2018 年 7 月 2 日

辑
六

岁聿其莫

清 灵

我喜欢月夜
喜欢月夜下的烛火

在万籁俱寂的月夜
我轻轻走进花园
点燃一对对烛火
静静躺下

曼妙的月光下
幽微轻柔的烛火
荡漾着温馨、婉约
飘散着清纯、淡雅

黑夜开始逐渐清朗
月光开始变得丰沛

悄悄的寂静

那一对对羸弱的火苗
渐渐地点燃了自己心中的
佛堂
为一身疲惫的我
衔来一片片平静和安宁
轻轻地抚摸、慰藉自己疲倦的
心灵

心思静静幽闭
蛐蛐声声

一个，已走向远方的人

2018 年 4 月 4 日

在心灵的天空飞翔

别让过往的情感
深深左右自己今天的心灵

春晨的离别
秋晚不会再回来

孤独
其实是那么的自我和迷人

白天是仿佛
夜晚也是仿佛

秋夜
虫鸣声声
草香淡淡

河畔

清风拂树微起波澜
庭院
黄叶轻飘抚柔温宁

白天真不懂夜晚
手心向下
内心向上
踯躅于心灵的天空

月亮上来了
月光轻柔
静静地
一杯茶，一首诗

星星闪心
除了灵魂，还有自由

2018 年 7 月 6 日

岁月迟暮婉如歌

梧桐树的枝叶
在风中摇依婆娑
路上已飘下了落叶

秋天
依然是那个秋天
迷迷朦朦的你
在回避什么呢

昨天走的已经走了
就像明天来的也会来

傍晚，浦江两岸的霓虹
刚刚开启
交互相辉、相映
车流如虹
岁月，已被酿成一首首

清朗的诗

你已经
经历了许多世事了
你还需要
等待经历许多世事

让秋天
夜色的彷徨，活在春天温润的
细雨中吧

秋天
多珍贵的礼物

2018 年 5 月 5 日

秋风里的打更声

落叶簌簌

我用质朴的性格
书写自己的人生

把浦江的涛声裹在心中
去承受
尘世的累累伤痛

让阳光静静地走进身体
善待冷漠和猜忌

用青涩的幼稚
复制着爱和被爱

缕缕青丝
飘零成苍茫的白须

月光下
感怀今昔，喁喁自语

虚空缥缈的秋夜啊
打更人
笃、笃、笃
早已匆匆收起那青葱岁月

我心已旧
我心依旧？

秋风起
落叶簌簌、簌簌

2018 年 4 月 19 日

黄昏人

我很享受

苍穹繁星的黎明

鸟儿欢唱着爱情

树梢上的甜蜜

蓝天上的星星羡慕地眨眼

我很享受

秋叶的枫林路

纷纷扬扬的黄叶

坠落的美丽

死亡的浪漫

我很享受

恬澹、修为的独处

去抚慰

梦也无法达到的边疆

去倾听

清虚宁逸的旋律
让忧郁成为淡泊与宁静

西下的夕阳
是我梦中珍藏的霞光

一个孤独的黄昏人
心在天路

天路有我……

2018 年 5 月 17 日

心魂的故乡

偌大的城市
有浦江的水和游轮
有枫泾小河边的乌篷船

外滩
钟声依然深沉、悠远
城隍庙
香烛仍旧烟絮袅袅

将一切复活的
不是春天和鲜花
而是内心的憔悴和苍茫

守不住的青春
却决然不向失去的年轮
轻易放手

岁聿其莫

岁月，冲刷着时间
时间，埋葬了岁月

谁愿意
过这恍惚、潦落的日子
就像山鹰
盘旋在荒芜的沙漠

霓虹闪闪，夜夜笙歌
车水马龙，万家灯火

关于青春的故事
今日戛然

明天
让琴心诗魂成为我的故乡

2018 年 5 月 29 日

黄昏的留白

站在秋风里
有点寒
风依然刮个不停，不停
日子
就是这样慢慢熬的

缓缓地抬起头
望着灰蒙蒙的天空
你怎么就如此地遮住了
大地的阳光
——无奈的苦涩

我徘徊在小区的幽径
秋菊朵朵
婷婷玉立

存在即合理

生命的默契

时空的良心
"一切都是最好的安排"

我明白了
那是黄昏的真诚留白
其实你让我的灵魂
更均匀地透气

是的
没人
让你把秋天过得荒凉

2018 年 5 月 30 日

诗 魅

春雨纷霏
夜深了

我隐约听到了你深深的
叹息声
仿佛也看到了你脸庞上的
伤感

你依偎在床上
身边有一本诗集
是你自己，放在床柜上的

那是我写的
——《岁聿其莫》
也在叹息、伤感

我欣喜

真有许许多多相同的夜晚
万籁俱寂
你，我，他……
捧着诗集
彼此面对面
心跳也一样
一起叹息，一起伤感

倘若我的诗歌真能
打动你
那我为什么
还不继续写诗呢

轻轻地呼唤
——诗在远方

2018 年 6 月 22 日

四季淡淡

我可能
有一个光明的起点
但是
我必定有一个黑暗的终点

月亮泻下的片片柔光
真能抚慰尘世的惆怅

俗世芜杂
灵魂溺水
谁又能将她轻轻浮起

轻薄寒霜
都是积凝的厌倦与愁戚

梦幻如烟
早已飘散在秋天的叹息中

谁又能
在惆怅中抚慰惆怅

我说
我的四季属于我
只需要给我一片爱

就那么轻
就那么淡

静静打开自己
——即可

2018 年 3 月 30 日

漫漫糊涂

是的
没有对比就没有伤害
是的
没有梦想就没有痛苦

人生的常数
生命的定律

把对比、伤害
交给风吧
交给逝去

把梦想、痛苦
交给时间吧
交给未来

在黄昏

已来不及想明白

我们

漫无目的，漫不经心

静静

走回自己的内心……

2018 年 4 月 11 日

晚，安

秋风
带着阵阵的愁绪
重复着雨夜挥之不去的
暮色

在无眠的茫茫黑夜
相伴走过的层层印忆
满夜都是
悠远的颓唐
冗长的灰绪

扶窗凭栏
严肃的秋风
早已拒绝了白天的
阳光
满目的秋果也被匆匆淹没

灰蒙蒙的雨夜

像一掬掬夜泪

苦涩地打在心上

疲倦地返身

一阵秋风

吹起

床柜上《收获》的扉页

上面我写着

晚，上帝赋予

安，自己选择

2018 年 4 月 15 日

忐　忑

今天的我
第一次
不需要闹钟叫醒

第一次
不需要挤地铁上班

第一次
不需要打卡报到

第一次
不需要电话找客户

第一次
不需要注意老板的神色

第一次

不需要强作欢颜地应酬

第一次
不需要吃安眠药入睡

第一次
不需要做惊杂无序的梦

第一次
不需要……

早晨
我慵懒地起身
无所事事的轻松
若有所失的疑惑

站在露台上
抬头
望着天上浅灰色的云
我
低头无语

天空
我离你是更近了
还是更远了

——忑忈

2018 年 4 月 28 日

星光只在心灵里闪烁

晚上，十二点的钟声
已敲响
遥远的心灵
还迟迟未归家安宁

疼痛，像茫茫黑夜一样
迷迷茫茫
边疆在哪里

梵高的耳朵在流血
向日葵
无奈与虚空
紧张和局促

你站在贫瘠的荒野上
独唱
灯影早已迷幻

悄然地
黯淡、熄灭、老去

腐草、死水
破庙、荒墓
都在黄昏后
一次次地被萧飒、涤荡

暮夜沉沉
苍穹像一块黑盖
你蜷伏在黑暗中
收藏了一个晚上
却彻夜无法入眠

是的，只要站在
黑暗风口
冗长的痛苦就能飞起来

正被吞噬的大地
早已沉睡
穹隆中的星辰永无沉眠

闪烁的星光

你

已被我紧紧揽在心怀中

2018 年 6 月 9 日

夜，在安宁中

灵动的手指
嘀嘀嗒嗒的键盘
跳上电脑的方块字
迷幻而虚拟的心灵

清晨，早霞
已渐渐积蓄黎明
城市已经缓缓苏醒
晨风微微
雀儿啁啾

时光匆匆
又把我们从黑夜带入了白天
岁月的你
如此高频地跳跃、奋进
太阳底下还会有冰霜吗

我的宁静
需要用迷离和虚幻
来交换

就像刚刚过去的夜晚
自己与电脑，彼此对视
没有时空
没有烦恼
没有侵扰
互为默契、转换
让键声连接彼此

时空的你
除了自己，还是自己

我感谢夜晚
你让我保持纯洁和平静
在虚迷中
感悟生命的庄重
慢慢去体验命运的哲思

喔　在黑夜里
我拥有爱和安宁

愿每一个相似的夜晚
都是我的夜晚

2018 年 6 月 20 日

夜晚的澎湃

夜，走到这个时候
渐渐地平静了下来
可心中
昏乱无章的夜
漫漫兮无比

如果夜还有跌宕
那一定胸膛还有激越
就像刚刚开赛的世界杯
带着惊喜和幻想
但我却无法去猜测
它梦幻般的结局

花园的草地上
有着我的生活
树木中，花丛里
藏着

自己远方的青葱岁月

声声虫鸣
片片落叶
还有松树上
蹦蹦跳跃的小松鼠
惦起的只是
一片片断续的回念和感伤

夜，更深了
我惊讶
自己怎么能
如此平静地在电脑上打字

无奈和恍惚的烦恼

窗外
星空渐渐黛蓝了起来

蓦地，我想起了
卢梭的名言

方块字
迟疑了一下
但，哒哒地跳了上去

"人生而自由
却无往不在枷锁中"

——是人生的宿命
　　还是宿命的人生

2018 年 7 月 3 日

月色的温柔

颤抖的冬夜
无法平静地入眠
我也无法平静地入眠

物质
被交换层层地控制
精神
被经验深深地淹没

摇摇晃晃的影子
一个个醉酒似的灵魂
眉飞色舞

万家灯火
所有的遇见
都不曾相识
所有的彼此

都在交换里被交换

空间已被时间
切碎
无法回避的失望与孤单
…….

我在梦中渐渐
收获了崭新的意境

贝多芬，升 C 小调钢琴奏鸣曲
轻柔、温婉
澄澈、清朗
叙述着宁静和远方

如同月色
轻轻抚我

2018 年 7 月 5 日

迷蒙是一种荒凉

原野的空旷、荒芜
需要哪种虚无来堆积、装扮

十一月
是一个感伤的月份
和熙的阳光
不亢不卑
默默地追寻
春天早已遗失的辽阔

晚上的月亮
虚静恬淡
朦胧而幻觉的夜
被路边的车鸣惊醒了几回

命运的重量
被风刮得东倒西歪

梦乡
在何处可栖

十一月的星空
旷达而高远
可装不下心中的春雨声

温和、均等抛下的月光
譬如那柔
譬如那轻
谁又会被你深深地宠爱

弥蒙
是一种荒凉啊

月朦胧，鸟朦胧
无声地叹息
愿你悄悄地

消失在秋霜的晨曦中

2018 年 7 月 3 日

洗尽铅华

我已习惯于走向远方
走得越远越好

远方的雨、风雪
远方的大山、大河
还有远方的亲人、梦和爱

这样就把
孤独，疼痛交给了
风雨
吹着风，打着雨
把一切的一切
——遗忘

我的远方在诗歌中
打开笔
打开历史

也打开了时空

把心贴近阳光
用崇高的信仰支撑
像苍穹
宏达、旷远，没有边疆
任我自由地穿越、翱翔

我梦想自己的心
能渐渐走进
天空中一颗诚实的星辰

让灵魂没有灰尘

2018 年 5 月 18 日

晚霞的踌躇

什么都是模模糊糊
不明确
友谊的真诚
善良的真挚

什么都是模模糊糊
不明确
秋风的萧瑟
夕阳的踌躇

晚霞啊，更加晚霞
黄昏啊，更加黄昏

我不能领受那种枯燥
也无法追随这类乏味

我想修一条路

去远行
去逃离
让自己隐匿、失踪

在那遥远的海边
不再争夺白天的阳光
不再陶醉万马奔腾
也不再去崇拜这个世界

晚上
吹吹海风，听听涛声
向天空
虚无地思想
懵懵地发呆

在广袤的穹窿中
让星空
抚平自己内心的彷徨
让灵魂翱翔

孤独地觉醒

孤独地自由

2018 年 4 月 10 日

你想要什么

生活如此枯淡
黄昏的孤独
又有谁
稳得住慵懒岁月的寂寞

风没有苦恼
树没有思想
黛瓦肃静
黄草无声

向着匆匆过往的行者
追望
他们细碎的脚印
默默地诉说
过往的岁月风雨

人生在轨道上匍匐

命运在碾压中啜泣

陈年的寒风

吹来的

都是往事声声回响

春天的太阳

冬日的月光

叹望人行道上的残剩积雪

又有谁

愿听那声声叹息

窗外夜色萧瑟

一派冬日郁郁积悃

冬雪正拒绝着

旷达而舒朗的远方

恹恹地走出 COSTA

伸出双手

用劲向空中挥舞

黑夜茫茫

岁聿其莫

　　双手空空
　　什么也没有抓住

　　　　　　　2018 年 4 月 27 日

我的乡关，我的愁

我每天依然坐在
那个地方
每天还是那个坐姿

抽着烟，吐着烟雾
迷茫的眼睛
瞅着烟雾的变化
细数着心里难已的往事

烟雾漫漫飘散
渐渐淡去、远去
犹如往事
一件件发生
又慢慢地远去、淡忘

黄昏
不知不觉地降临

脚下早已一地烟蒂
——被踩熄的烟蒂

我凝思着满地烟蒂
兀然，觉得
它正在述说着什么

那些被踩过的生活
被蜇伤的肢体
被洗刷的眼泪

时光呵
你是那么被折皱、被坎坷

烟蒂
难已的心痛
脚下四处
都遗下了斑斑点点的伤痕

微微抬起头
迷绪、迷思

寻找着早已飘散的烟雾

远山，日暮西下远
江面，烟波染尽愁

2018 年 4 月 27 日

秋夜一壶酒

秋夜深深、静静
时间躲进了苍穹

屋外的小花园
星空无花
沉默无言
月下
我，孤寒独酌

凉风习习
枯叶拂面
小石桌前
一毯草黄

门前花架上紫藤枯悬
子夜的秋菊薄霜低垂

凉空、寒月
我一饮杯中酒
酒酣、酒干
把自己的心寒醉

朦朦的喃喃，醉醉的影
叹息如轻烟
"醉了秋风，碎了心啊"

云翳已朦月
起舞无清影

再来一壶酒
杯影亦无月
再举杯
再相邀
醉倒的是心中的愁月

2018 年 4 月 30 日

风铃无声

为什么你
总是把双手伸向天空
而且那么用劲
你想要抓住什么呢

我也想知道

像风一样
没用意
没色彩
也没时间和形状

马路上依然车水马龙
公园里还是绿树成荫
天空，一如往常的青春焕发
只是小区边的水塘
安静得可疑

整个寂寞的下午
我用一壶龙井来慢慢打发
顺便观察、诅咒一下
这灰暗独行的
——黄昏

是谁
遗失了秋天的风铃
我无以回答

天有些雨了
出门走走
向天空匆匆打伞

有无必要

2018 年 5 月 7 日

眼角的倦容

天一如既往的蓝
有朵朵白云飘过

可我，为何
总感到
那是一种沉寂的空旷
更多的还感觉是
疲惫和厌倦

不远处的咖啡馆
大遮阳伞下的蓝调、逍遥

T 恤衫的随意、轻松
太阳镜的休闲、浪漫

生活的
那些红、那些绿、那些蓝

还有天空洒下
简单、盲目的
阳光

遥远的记忆
总有一些是如沐春风的

我从地铁里出来
匆匆地试图擦去眼角的
倦容
狐疑地走进故旧的
老弄堂

用那昏花的眼睛
去捕捉自己
早已远去的童年身影……

2018 年 5 月 7 日

独行踽踽

让梦中的诚实
在白天真实地去表达
这是血液里
唯一纯洁和真实的灵魂

夜很深
风从花园里吹来
摇曳着玉兰树的枝叶
远处传来轻轻的
鸟鸣
是单薄和愁寂的歌声

困惑和希望
总盘旋在高高的夜空
在喧嚣中高扬
在静寂中跌宕

朦朦的月光下
虚空的马路没有灯光
蜿蜒幽长
独行踽踽
迷思茫茫的沉默

俗尘中
那是失望的徘徊
是命中
必定要失去的灵魂

歌声里无梦

2018 年 5 月 14 日

夜，更深了

我轻轻地用食指弹去了
手中的烟灰
就像寒风里的梧桐飞絮
无序、散乱、自卑
缓缓地飘落于
马路、花园、广场

注视着凉露瀼瀼的
子夜
我稍稍地收起了眼帘

枯瘦的北风
嗖嗖，传来了
哪家古筝冰冷的琴弦
如诉、如泣

如何才能摆脱尘世的

纠葛

孱弱的叹息

走进了更唐突的郁悒

有多少生活被岁月遗失

思想之茫然

更甚于物欲之茫然

哪一处生命

是绚烂多姿、温暖如春的

孤单的心灵

如何走进远方的阳光

我紧紧地

捏着手中小小的烟盒

不停地

弹去手指间的灰烬

每一天

我还将会在黑夜里行走

自己还会

被不停地、无情地弹去吗

抬头回望墨色深空
夜
你是更深了
还是天快亮了

2018 年 5 月 25 日

晚风里的灵魂

我真感谢和羡慕
自己的灵魂

只见，他每天晚上久久地
在夜空里
在喧哗中
不断地飘忽，飞翔

每每，我看到自己
在高架路上流动
比那些急速的车灯还要快

我还看见自己
在楼宇高耸的灯海里
穿行
忽高、忽低
飘忽不定

没人关心或注意
我在想什么
在做什么

黑夜更深
而不是早晨更近

能捂慰伤口的
是另一个更痛的伤口

我爱这座城市
爱每一条马路
每一盏灯光
每一片落叶

我的忧悒
犹如，头顶天空上的
一片片浮云

秋风
请抚慰我的心灵

轻轻吹起
缓缓、缓缓地飘散

我的灵魂
高不过天空

2018 年 7 月 2 日

逍遥心无为

我喜欢
站在大厦顶楼的平台
一览空旷无垠的蓝天

鸽群盘旋，轻盈飞翔
朵朵白云，悠悠远去

让时间走得慢些
再慢些

我喜欢
躺在花园的藤椅上
在夜色里
闻着泥香，听着虫鸣
看清月盈亏，斗转星移

让天空转得慢些

再慢些

流水无痕
大梦有形

人世间
有太多无法平抑的诱惑
臃肿的心欲
你将奔向何处
又将如何栖身

黄昏沉落
空门有道

无谓
天有多蓝，星辰有多高
无谓
尘世间欲望的高调和喧嚣

让自己
静静快乐

岁聿其莫

悄悄离去

清晨
薄雾、宁淡
我轻轻地在门前打扫着
昨天走过

已落满尘埃的小径

2018 年 5 月 24 日

434

清 欢

住进秋天的平凡
追逐时间
想着春天的蓬勃
去寻找
更自由的天空和灵魂
那离伟大就不远了

那是个真实的秋天啊
故乡的风
依然在自己的心中
轻轻飘逸

夕阳西挂晚霞的天
青砖、粉墙、黛瓦
水潭上弯弯的青石桥

老宅下

远远眺望窗外金色的

田野

静静地收割

——春天的伟大

一束稻

一首诗

一道道阳光……

2018 年 4 月 13 日

在秋天里春醉

春天缥缈的韵律

似紧似慢

忽高忽低

我又何能锁住你跌宕起伏的

节奏

鸟声虫鸣的黎明

晨雾打湿

却从未惊醒我梦中孤寂的

远方

黄昏

满园盛开的杜鹃

红得心醉

又何来修为和宁淡的

心境

不解春秋

你却望穿秋水

倾心清月

你能从岁月的激流中撩起

生命

不是飘落的秋叶

春天与秋叶间

也从未横亘着莫逆的苍茫

走出吧

走出黝暗的陋室

清风薄雨后

春意盎然

秀色可餐的原野

很快会沛然而至地

泄露醉意

心美

人生的天空都沉醉

208 年 4 月 28 日

世博公园一地秋黄

雨下大了
我躲进世博公园的大树下
挡雨

眼前
一棵棵大树被风吹弯
掉落脸上的颗颗雨珠
同样滴入自己的心中

这无边无际的雨
这潮湿弥蒙的空气
这悠然无助的秋天

岁月呵
就这样被匆匆地打发过去了
想挽留的
就这么被悄无声息地永远流逝了

无奈又无助的岁月

"离开了
就不要再转身来回念"

真的不需要
可再见了
为什么一直在孜孜怀念

雨打着树，风吹着叶
飘落的湿叶
叶馨雨香

我忽然想到
不是还有一地金色的秋黄
可以收割吗

生活、生命
让我
一定高于我自己

2018 年 5 月 22 日

ACE 球的歌声

我腾胸
高高地仰起
用力挥扬手臂
威猛地把球发了出去

一个压着中线的 Ace 球

我多想
自己就是那个球
穿越时空
被有力地发射出去

球场的灯光
吹着今晚的风
也吹着昨天
能否依然吹着明天

岁聿其莫

一头白发
藏着无尽的晚风
打不开的白天
尝不尽的夜梦

时间
已被层层地剥落
追求、追梦

还是尝试着去追听
Ace 球的歌声

我腾胸
高高地扬起……

2018 年 5 月 15 日

后 记

我对文学的爱好，启蒙于我的父母。童年时，父亲给我们兄妹订的第一本儿童刊物是《小朋友》，母亲则每每为我们朗读，讲故事。从那时起，我逐步地涉及并阅读了各类文学作品，慢慢知道并熟悉了鲁迅、郭沫若、巴金、老舍、曹禺等作家。后来在文革中，老家的弄堂内抄家成风，遗失和散落的大量古今中外的各种书籍，使我们这些停学在家的青少年，在偷偷阅读中又有了一种新的精神寄托。《红楼梦》、《三国演义》、《家》、《红与黑》、《复活》、《基度山恩仇记》、《欧也妮·葛朗台》等中外名著，差不多都是在那时偷偷阅读的。现在想来，对文学的爱好，对生活的热爱，对理想的追求，主要也是在那段艰难而又迷茫的岁月中，逐步建立起来的。

文革后，特别是党的十一届三中全会后，拨乱反正，党把工作重点转移到经济建设上来了，改革、开放成为时代的主旋律，这为我们当时那代青年人打开了广阔的学习和发展的空间。改革、开放的四十年，伴随着巨大的热情和辛勤的劳动，我们度过了难忘、奋斗的四十年。现在回想，在这改革、开放的岁月，虽然自己也偶尔读些文学作品，特别是古诗词，学习过诗词格律，也尝试过一些写作，但自己还是把更多的、主要的学习和阅读，围绕在自己的专业知识和专业领域上，以期待不辜负改革、开放这一伟大时代，对我们的希望和要求。

去年，已赋闲下来的我，不知出于何种神秘冲动或是心血来潮，突然对自己青少年时代文学爱好的"空挡"——现当代诗歌，产生了强烈的情感爆发，扫街似的在网上和街上的书店里，寻觅中外诗人的诗歌、诗集，通宵达旦地欣赏、阅读，走火入魔地尝试写作。鬼使神差，在五个月中，自己竟然胆大妄为地写了200多首现当代诗歌的习作。太不可思议了！我一直觉得，那是一种命运的推动、灵魂的召唤，爆发得如此突然、迅速和神奇。

回顾一年多来读诗、写诗的经历，我觉得对生活深深的热爱和眷恋，希望有目标，创造性的生活，是自己爆发式写诗的主要源泉。四十多年的职业生涯，自己每一天都在学习、进步，每一天都在劳动、工作。伴随着祖国改革、开放的伟大时代，有目标而创造性的生活，常常使我激动和自豪。但突然的闲赋，慢慢脱离社会实践，渐渐疏远专业领域，学习进取、劳动创造性的生活，突然被闲适寡淡、慵懒消费性生活所代替，一时使自己茫然而不知所措。

　　2016 年，是中国现当代诗歌发展百年。胡适、鲁迅、郭沫若、闻一多、艾青、北岛等这些在中国现当代文学史上熠熠生辉的名字，又一次展现在我们的面前。阅读和欣赏这些伟大而不朽的诗句，是一种心灵的对话和慰藉，也是一种灵魂的震撼。艾青写道："假如我是一只鸟，／我也应该用嘶哑的喉咙歌唱……／为什么我的眼里常含泪水？／因为我对这土地爱得很深沉……"。我热爱生活，让诗歌成为自己今天的目标，创造性地去生活吧！

　　我写诗歌，是在凝视自己的生活，咏叹生命并期待获得精神的新生。美国诗人威廉·斯塔福德写道"如果你允许诗和你一起生活，你对周围世界的每一瞥都将是一种拯救。"对个人来说，生命是一种单向的直线运动，生活则是生命的一种特殊承载形式。在人生的风景中，运动、风暴，迷茫和无助；学习、向上，追逐和奋斗；社会、家庭，责任和亲情等等，常常变幻莫测，眼花缭乱。我作为一个停下来的旅行者，曾经深深置身于其中，却长时间地忽视生活风景的变化和生命真谛的思考。如何捂平内心深深的伤痕？如何弥补生活中沉重的愧疚？如何反思生命的本体与自我的意志之间的关系？写诗，就成为自己开启内心世界通向过往生活、生命的大门。

　　因此，我在生活经验的推动下，从生命的感悟出发，借诗歌伴随人生，审视、欣赏过往的风景，寻觅、聆听生命的真谛。写对亲人的眷念，对友谊的向往，对爱情的幻想，对事业的追求，以及对社会发展的关注等等。特别，对自身及亲友们的命运和对社会的变革，都浸润了我的体悟、感怀和思考。我试图用这样还原式回念，借助于粗浅的语言，与现实生活中的生命达到沟通与和解，走向透悟与释然。同时也不断地洗濯灵魂的灰垢，保持纯正和洁净，从而期待自己获得精神上的又一次新生。

唐代诗人陈子昂登上幽州台挥诗："念天地之悠悠，独怆然而涕下"。我写诗歌，或带着深深的仪式感，试图让诗歌成为自己走向永恒世界的桥梁。岁月已渐晚，一种走向老年的迷茫、困惑和忧虑，较过去更为深切，内心也更凭添了层层愁绪和落寞。友谊与亲情，人性与爱情，信仰与事业，以及过往世事的复杂与艰困，以至于对死亡的忧思，对灵魂的归依，漫漫人生的体验和生命的感悟等等，伴随岁月的潜移，更深入地浸润了自己的生活、生命。

爱尔兰女诗人葆拉·弥罕写道："写诗就像孩子蹲在窗边，用呼吸在玻璃上吹窗花。所有人都做过，而我依然在做。"诗歌，让我坦然接受青春已逝的现实，直面衰老；诗歌，让我把对失去的愁莫和想竭力的挽留，转向对时空的思考和对空无的智悟；诗歌，让我运用语言表达、参悟和保持一种天真和博爱；诗歌，让我消除对未知和黑暗的恐惧，以一个勇敢的灵魂前往未来的空间，并期待获得理性的存在——诗歌，就是这样一种仪式，是一种通向未来告别的桥梁和特殊的存在方式。

　　优秀诗歌的写作，无疑是需要有天赋的，但自己没有。好在自己并不是为了成为天才诗人，伟大诗人而写作的。我深知，诗歌对自己全部而真实的意义是——在通往老年的现实生活中，如何突破、超越精神的困境，张扬、激昂生命的尊严，从而更全面、深入地认识自我，并更坦然、准确地面对整个外部世界！

晓　秋

2019 年 3 月 29 日

图书在版编目（CIP）数据

岁聿其莫 / 晓秋著． —上海：上海三联书店，2020.1
ISBN 978-7-5426-6809-7

Ⅰ.①岁… Ⅱ.①晓… Ⅲ.①诗集－中国－当代 Ⅳ.①I227

中国版本图书馆CIP数据核字（2019）第221001号

岁聿其莫

著　　者／晓　秋（陈建明）

责任编辑／董毓玭

封面设计／樱　桃

内文排版／徐　徐

监　　制／姚　军

责任校对／张大伟

出版发行／上海三联书店

　　　　　（200030）中国上海市漕溪北路331号A座6楼

邮购电话／021-22895540

印　　刷／上海展强印刷有限公司

版　　次／2020年1月第1版

印　　次／2020年1月第1次印刷

开　　本／889×1194　1/32

字　　数／35 千字

印　　张／14.375

书　　号／ISBN 978-7-5426-6809-7 / Ⅰ·1553

定　　价／68.00元

敬启读者，如发现本书有印装质量问题，请与印刷厂联系021-66366565